btb

Aus Freude am Lesen

btb

Buch

Steffen Kopetzky erzählt vom Vergnügen des Findens und vom Schrecken des Verlusts. Und davon, daß die Dinge nicht so sind, wie sie scheinen. Welch Katastrophe es sein kann, wenn etwas lang Vermißtes sich plötzlich einfindet. Oder welch Glück, aus seinem Leben plötzlich ausgesperrt zu sein, weil man den Schlüssel verloren hat. »Lost/Found« ist eine Momentaufnahme dessen, was an einem Tag weltweit verloren geht – und gefunden wird. An der Küste Tunesiens steht ein Flüchtling vor der existentiellen Vernichtung durch den Verlust seine Handys, in Berlin stolpert ein Taugenichts von einem glücklichen Fund zum nächsten, um dann doch wieder alles zu verlieren. Durch den Tod ihres letzten Sprechers geht der Menschheit eine Sprache verloren, eine Frau verliert die Hoffnung, jemals ein Kind empfangen zu können. Steffen Kopetzky zeigt eine Welt, in der den Dingen eine allzu große Bedeutung beigemessen wird, bis die Handelnden entdecken, daß ihr Leben durch ganz andere Koordinaten bestimmt wird. Rührend tragisch, herrlich komisch, wunderbar überraschend und bemerkenswert temporeich gelingt dem Autor von »Grand Tour« mit »Lost/Found« ein literarisches Fundstück.

Autor

Steffen Kopetzky wurde 1971 in Pfaffenhofen (Oberbayern) geboren, studierte Philosophie und Romanistik in München, Berlin und Paris. Er gilt als einer der interessantesten, sprachgewaltigsten und vielseitigsten Autoren der jüngeren Generation und wurde vielfach ausgezeichnet, unter anderem mit dem »Kurt-Magnus-Preis« der ARD und dem »Else-Lasker-Preis« für Dramatik. Kopetzky lebt mit seiner Frau und seinem Sohn in Pfaffenhofen bei München.

Steffen Kopetzky bei btb

Grand Tour. Roman. (73108)
Einbruch und Wahn. (73156)
Uneigentliche Reise. (73157)
Marokko. Ein Tagebuch. (73415)

Steffen Kopetzky

LOST/FOUND

btb

FSC
Mixed Sources
Product group from well-managed forests and other controlled sources

Cert no. GFA-COC-1223
www.fsc.org
© 1996 Forest Stewardship Council

Verlagsgruppe Random House FSC-DEU-0100
Das für dieses Buch verwendete FSC-zertifizierte Papier *Munken Print* liefert Arctic Paper Munkedals AB, Schweden

1. Auflage
Genehmigte Taschenbuchausgabe September 2007

Umschlaggestaltung: Design Team München
Umschlagfoto: Konrad Klapheck/akg-images
Satz: Uhl + Massopust, Aalen
Druck und Einband: Clausen & Bosse, Leck
MM · Herstellung: BB
Printed in Germany
ISBN 978-3-442-73665-2

www.btb-verlag.de

FÜR OCKA CAREMI

»In this world there are only two tragedies,
one of not getting what one wants,
and the other of getting it.«

Oscar Wilde

Die Sprache der Liebe

Normalerweise wäre Andrea sofort zurückgefahren und hätte sich die Spritzen, die sie im Bad ihres Hotelzimmers vergessen hatte, zurückgeholt. Zuletzt hatte sie sich heute morgen gespritzt, wie schon die Tage zuvor geschickt auf dem Rand der winzigen Badewanne balancierend, um freie Sicht auf jene Region unterhalb des Bauchnabels zu haben, die ihr von ihrer Ärztin als geeignetes Einstechgebiet benannt worden war. Mit der linken Hand kniff sie sich dabei in den mageren Bauchspeck, um die Nadel in die entstehende Falte zu hauen. Nur ein kleines Wimmern von sich gebend, hatte sie die verhaßte Prozedur mit der erstaunlich langen Nadel hinter sich gebracht. Nicht zuletzt, weil ihr Freund ihr vor ein paar Monaten erklärt hatte, er ertrage ihr frühmorgendliches Stöhnen einfach nicht länger, hatte sie sich angewöhnt, sich in aller Stille zu stechen.

Nach dem Spritzen hatte sie schnell ihren kleinen schwarzen Koffer gepackt, denn vor der Tür wartete schon der mürrische schwarze Hilfsportier, der gekommen war, um ihr Gepäck nach unten zu befördern. Das orange-leuchtende

Spritzenköfferchen war auf dem kleinen Hocker neben der Badewanne liegengeblieben.

Bei ihrem letzten Termin um 13 Uhr hatte sie einen deutschen Schauspieler besucht, der in einem gigantischen Loft in Soho lebte, eine ziemliche Enttäuschung gewesen war und ihren Zeitplan durcheinandergebracht hatte, weil er einfach nicht fertig werden wollte mit seinem Sermon. Der Schauspieler, der nebenbei auch noch malte, Gartenbücher und zwei Gedichtbände herausgebracht hatte, war von einem längeren Aufenthalt in Japan als »praktizierender Buddhist« zurückgekehrt, vorerst allerdings nicht auf sein Anwesen am Starnberger See, sondern nach New York gezogen, um zu schreiben. Vor zwei Wochen war das Buch erschienen, in dem die Auswirkungen und Folgen seines spirituellen Erweckungserlebnisses mit einer Vielzahl kulturkritischer Allgemeinplätze zu einem, wie Andrea fand, ziemlich unverdaulichen Brei vermengt waren – die Hauptthese des Buches lautete, daß Deutschland bald an seiner spirituellen Armut zugrunde gehen werde. Alles, was das Land jetzt brauche, seien eigentlich nur kollektive gymnastische Anstrengungen – so etwas wie ein permanentes bundesweites Turnfest – »Deutschland muß wieder lernen zu atmen« oder »Deutschland hat seinen Atem verloren, diesen muß das Land wiederfinden«. Mit diesem wiedergefundenen Atem dann, so der Schauspieler, werde sich alles weitere, die Erweckung zu neuem Leben, von selbst ergeben. Auf ein paar Seiten empfahl er einige praktische Übungen (*»Sitzen Sitzen Sitzen!«)*, die er in seinem Kloster in Japan gelernt hatte, er selbst hatte die Zeichnungen dazu angefertigt (allerdings, wie er Andrea erzählte, nicht mit einem Tuschepinsel, sondern mit einem Eddingstift, der besser in der Hand liege). Dazwischen waren immer wieder Anekdoten aus seiner Arbeit als Filmschauspieler eingestreut, der es mit Nebenrollen in amerikanischen und Hauptrollen in deutschen Produktionen zu erstaunlicher Popularität in seinem Heimatland gebracht hatte; neben wahllos aus ihrem Zusammenhang gerissenen Zitaten aus Zeitungen und populären Büchern stieß man auf Erinnerungen an die frühe Nachkriegszeit *(»wo man gar nichts hatte, aber äußerst glücklich war«)* und auf die Reflexionen des weitgereisten Weltbürgers über das mangelnde Selbstbewußtsein der Deutschen, das sich vor allem daran zeige, daß diese ihrer eigenen Sprache nicht mehr mächtig seien. Ein Gedicht aus seiner Feder beschloß das Werk. Es wirkte wie eine Ode von Hölderlin, die rücksichtslos zu einem mißratenen Haiku verschnitten worden war. Alles in allem war es ein grob zusammengeschustertes Machwerk, das es in der Zwischenzeit auf den dritten Platz der Sachbuchbestsellerliste geschafft hatte.

Der Schauspieler würde in ein paar Wochen zu Gast in der Talkshow sein, für die Andrea arbeitete, und der Chefredakteur war sehr zufrieden gewesen, daß sie während ihres Aufenthalts in New York das notwendige Vorgespräch mit ihm hatte führen können. Während der knappen Woche hatte sie noch einen sehr erfolgreichen blinden Koch, eine Modedesignerin, die die uneheliche Tochter eines deutschen Politikers vergangener Tage war, und die Agentin einer berühmten amerikanischen Entertainerin getroffen, an der die Redaktion schon jahrelang dran war, die sie aber noch nicht hatten überzeugen können, ihre Sendung zu besuchen.

Nach dem Treffen mit dem Schauspieler, dessen weitschweifige Ausführungen auf ihre Fragen sie lächelnd, mit verständnisvollem Nicken und kommentarlos auf Band aufgenommen hatte, war sie wieder zu ihrem Hotel in der 27. Straße gefahren, hatte sich ihren Koffer aus dem Gepäckdepot holen lassen und war zu Fuß über die nahe 5th Avenue gelaufen, zum gigantischen Komplex der New Yorker Hafenbehörde, in dem auch der Busbahnhof untergebracht war. Sie holte sich ihr telefonisch reserviertes Ticket für den 16-Uhr-Bus zum Flughafen Newark ab, bezahlte bar, weil sie ihre Dollar loswerden wollte, und setzte sich dann glücklich auf eine Bank neben ein Pärchen, das seinen Hunger mit kalorienreduzierten Low-Fat Chips Onion & SourCream stillte. Zwischen den gewaltigen Körpern der beiden verschwanden die Tüten förmlich, sie griffen mit ihren riesigen Händen mechanisch hinein und leerten gleichmütig eine nach der anderen.

Dann ging sie noch einmal sorgfältig ihr Gepäck durch, stellte fest, daß sie ihre Spritzen im Hotel vergessen hatte, erschrak für einen Moment, beruhigte sich aber damit, daß in ihrer Wohnung in Berlin noch eine, wie ein kleiner Arztkoffer gestaltete Packung mit fünfundzwanzig Kanülen lag – überdies war sie sich auf eine heimliche Weise sicher, daß sie ihrem Ziel so nahe wie nie zuvor waren. Vielleicht war eine Weiterführung der schmerzhaften morgendlichen Prozedur gar nicht mehr nötig – es hieß doch manchmal, daß man nur Dinge vergißt, die man tatsächlich loswerden will.

Die von Terminen gedrängten Tage in New York waren reibungslos verlaufen – und von Anfang an war Andrea das Gefühl nicht losgeworden, daß ihre von der Redaktion kurzfristig angesetzte Reise unter einem ausgesprochen guten Stern stand. Das hatte schon mit der Landung in Newark begonnen.

Nachdem sie mit ihrem Airbus acht Stunden fast unmerklich durch die Nacht über dem Atlantischen Ozean geschwebt und schließlich, von Neufundland kommend, über die in der mittäglichen Sonne liegenden Vorstädte eingeflogen waren, setzten sie nach dem Erreichen von Newark nicht zur Landung an, sondern kreisten zunächst einmal in weitem Bogen über dem kleineren der drei New Yorker Flughäfen.

Buchstäblich bis zum Auftauchen ihrer Maschine im Großluftraum von New York hatte es geregnet, die Rollfelder und Straßen waren noch dunkel vom Regen, die Sonne ließ den Asphalt an vielen Stellen glänzen. Am Ende der Landebahn bemerkte Andrea ein halbes Dutzend winziger Lastzüge von roter Farbe, die sich im Halbrund gruppierten.

Dann setzte die Maschine zur Landung an, war schon am Boden, startete aber noch einmal durch, und zwar so spät und panisch und eindeutig außerhalb jeder flugtechnischen Norm, daß selbst den abgebrühtesten Geschäftsreisenden, die sich während heftiger Turbulenzen nur grummelnd von einer Seite ihres Sitzes auf die andere zu drehen und einfach weiter zu schlafen pflegen, der kalte Angstschweiß auf die Stirn trat. Ein Blick auf das fassungslos und bleich auf seinen Sitzen ausharrende Kabinenpersonal genügte, um jeden Zweifel zu zerstreuen, daß die Fahrzeuge der Flughafenfeuerwehr nicht zufällig am Ende der Rollbahn versammelt waren. Die Maschine schwenkte auf eine neuerliche Runde über den Rollfeldern ein, der Kapitän meldete sich, um einen ausführlichen Bericht auf Französisch und einen sehr kurzen auf Englisch abzugeben, dem Andrea grob entnahm, daß es – übrigens schon seit dem Abflug in Paris – Schwierigkeiten mit den Bremsen gäbe.

Erstaunlich still war es auf einen Schlag an Bord, jeder dachte über das seine nach, niemand sagte ein Wort. Andreas Gedanken galten nicht unmittelbar ihr selbst, sondern den zuletzt vorzüglichen Werten des Gelbkörperhormons in ihrem Blut, der erfreulichen Regelmäßigkeit ihres Zyklus und jenen anderen, vielleicht eher gefühlten Anzeichen, daß sie kurz davor war, ihr Ziel zu erreichen. Wenn sie abstürzen würden, dann würde es also daran scheitern. Dann wäre wenigstens Air France daran schuld, daß sie niemals in ihrem Leben schwanger werden würde.

Die Maschine landete schließlich ungeachtet der Befürchtungen sicher. Das reisende Publikum applaudierte, man blickte sich erleichtert an und begann dann sofort, sich über dieses seltsame, gemeinsam erlebte Abenteuer auszutauschen. Jeder fühlte sich einer Katastrophe entronnen, und selbst die vom Leben schon Ermüdeten, die vielleicht schon alles gesehen und nichts erfahren hatten, erinnerten sich an den Glanz, den die Dinge der Welt für denjenigen annehmen, der sich darüber freuen kann, am Leben zu sein.

Andrea nahm ihr Überleben zur Kenntnis und das Ganze als gutes Omen, richtete sich in dem winzigen, durch zwei klapprige Fensterläden vor der dunkelbraunen Wand eines kaminhoch aufsteigenden Hinterhofes getrennten Hotelzimmer ein, und während sie die Liste prominenter Persönlichkeiten abklapperte, auf die sich die Chefredaktion für ihren New-York-Besuch schließlich geeinigt hatte, Bandaufnahmen der Gespräche machte und so früh wie möglich schlafen ging, spritzte sie sich weiterhin jeden Morgen, nahm sich die Temperatur ab und trug den Wert in ihre Aufzeichnungen ein; es konnte kein Zweifel daran bestehen, daß morgen abend der Augenblick gekommen war. Das einzige, worauf es ankam, war nur, daß sie und das Ei, dessen Heranreifen sie auf alle erdenklichen Weisen beobachtete und mitfühlte, morgen abend in Berlin wären. Da sie über Frankfurt flog und in der Hamburger Redaktion noch die Ergebnisse ihrer Reise zu deponieren hatte, damit die Bänder am Montag früh gleich abgetippt werden konnten, hatte ihr Frau Hellwein den früheren der beiden Flieger, die heute abend nach Paris gingen, gebucht. Sie würde am frühen Morgen in Paris sein, wäre mittags in Frankfurt, gegen 14 Uhr in Hamburg, und da sie alles daran setzen würde, sich zu beeilen, könnte sie hoffentlich gegen 18 Uhr in Berlin sein. Im Hotel hatte man ihr versichert, daß man nach 9/11 mindestens zwei Stunden vor Abflug anwesend zu sein habe.

Der Shuttle-Bus war aus Manhattan hinaus, durch den Verkehr der Vorstädte New Jerseys geglitten, viele Male stehengeblieben und sanft wieder angerollt, ein gelassenes Schiff auf einer Woge vorstädtischen Blechs. Neben Andrea saß ein liebenswürdiger, vollbärtiger Mann auf dem Weg nach Chicago, der ihr erzählte, was für eine fabelhafte Show er in einem Theater in der 42. Straße gesehen hatte – zufällig spielte das Stück in Berlin. Es handelte von einem Transvestiten, der sein Haus zu einem Gründerzeitmuseum gemacht hatte und aus seinem Leben während der Nazizeit und der DDR erzählte. Der Mann aus Chicago war begeistert. Er würde zu gerne einmal nach Europa kommen, Deutschland, besonders Berlin müsse doch eine fantastische Stadt sein. Andrea lächelte.

Sie erreichten, nach genau einer Stunde und zehn Minuten, die weitläufige, von zahllosen Flaggenmasten gesäumte Anfahrt des Flughafens Newark, nahmen Kurs auf die breit ausgebauten Gates. Der Mann aus Chicago stieg vor ihr aus, wünschte ihr überschwenglich alles Liebe, sein Vollbart wippte dabei nett auf und ab. Air France war an Gate 4, das sie mehr als pünktlich um 16 Uhr 55 erreichten. Andreas Flug ging um 19 Uhr 20. Noch mehr als zwei Stunden. Perfekt. Sie suchte nach einer Toilette, nahm den Koffer mit in die Kabine und sah die Minuten wunderschön vor sich hinschmelzen. Da sie es nun zum Flughafen geschafft hatte, konnte wohl kaum mehr etwas dazwischenkommen.

Im ersten, ziemlich menschenleeren Stock fand sie den weitläufigen Hauptschalter der Air France geschlossen, drehte sich ein paar Mal im Kreis, entdeckte keinen anderen, eventuell kleineren Schalter und ging noch einmal nach unten. Vergebens. Vielleicht wurden – was doch im internationalen Fluggeschäft recht häufig vorkam – die Air-France-Flüge von einer anderen Gesellschaft abgefertigt. Als sie neuerlich nach oben fuhr, entdeckte sie eine Frau in Uniform und fragte sie, wo der 19-Uhr-20-Flug nach Paris abgefertigt werde. Die Offizielle sagte nur – mit jenem prekären, halb privat anmutenden Tonfall, der deutlich machte, daß man damit ja eigentlich nichts zu tun habe –, daß ihres Wissens heute kein Air-France-Flug mehr gehe.

Da sei sie aber schlecht informiert, sagte Andrea mit einem Lächeln, hier, ein Blick auf ihr Ticket werde ihr das Gegenteil beweisen. Die Offizielle nahm stoisch das ganze Paket mit Andreas Reiseunterlagen an sich, blätterte die Seiten durch und stellte dann sachlich fest, daß ihr Flug vom John F. Kennedy Airport abginge. Sie gab das Ticket zurück, und Andrea sah es mit ihren eigenen Augen. Auf ihren von der Redaktionssekretärin ausgefertigten Reiseunterlagen stand für Hin- und Rückflug Newark, auf dem eigentlichen Ticket aber war für den Rückflug tatsächlich jener größere, weit entfernte Flughafen vermerkt.

Es war bemerkenswert, wie schnell sich Andrea draußen am Taxistand wiederfand. Die großen gelben Wagen standen leuchtend in der Sonne. Am ersten Taxi in der Reihe lehnte der Fahrer im Fenster und beobachtete mißtrauisch Andreas Bemühungen, von der ebenfalls uniformierten Frau an ihrem kleinen Holzstand, bei der man den Trip vorher bezahlte, verläßliche Auskunft zu erhalten. Das einzige, was sicher zu sein schien, war der Preis. 110 Dollar von Newark nach JFK. Ob sie denn glaube, wollte Andrea von ihr wissen, daß sie es schaffen könne? Jetzt war es kurz nach halb sechs. Aber sicher, mit Sicherheit werde sie es schaffen, auf jeden Fall. Während dieser Beteuerungen füllte sie den Coupon aus. Andrea wandte sich an den orientalisch wirkenden Fahrer des Taxis. Der hob die Hände, sah ganz und gar griesgrämig drein und schüttelte mit angewidertem Gesichtsausdruck den Kopf. Nein, also, in einer Stunde von Newark nach JFK, an einem Donnerstag um diese Zeit, bei allem Respekt – man sei hier in New York. Es könne zwei Stunden dauern oder vier. Wissen könne das niemand – er weigere sich, auch nur die geringste Vorhersage zu treffen. Damit wandte er sich ab.

Nun drängte die Uniformierte vom Schalter Andrea, sich zu entscheiden. Hinter ihr warteten bereits einige Herrschaften, die sich sicher seien, ein Taxi zu benötigen. Wenn sie den Coupon wolle, bitte, dann müsse sie nur noch bezahlen – und ganz ehrlich, die Chancen, es zu schaffen, stünden wirklich gut.

Andrea, die sich durchaus darüber im Klaren war, daß sie keine Zeit zu verlieren hatte, nahm sich zusammen, warf einen Blick auf den griesgrämigen Taxifahrer, einen Blick auf den Coupon, den ihr die uniformierte Frau hinhielt und einen auf den köstlichen, samtig blauen Himmel.

Als sie sich auf den Weg nach Manhattan machten, war es kurz vor 17 Uhr. Der klimatisierte Innenraum ließ sie frösteln, aber das tat ihr gut. Der Fahrer hatte überraschenderweise alles Überdrüssige abgelegt. Andrea, immer noch sehr nervös, sagte ihm so ruhig wie möglich, daß sie sich der Schwierigkeiten bewußt sei, daß es für sie aber von ganz ungeheurer Bedeutung sei, JFK bis 18 Uhr zu erreichen. Wenn sie es schaffen sollten, stellte sie ihm fünfzig Dollar Trinkgeld in Aussicht. Er musterte sie im Spiegel, blickte dann wieder auf die Straße. Andrea entdeckte seine Lizenz vorne am Armaturenbrett. Alan A. Atalany.

Er blickte wieder auf, musterte sie erneut und fragte dann nach einer kurzen Weile, wo sie lebe. In Berlin. Wirklich, da wohne sein Cousin seit über zwanzig Jahren! Was für ein Zufall! Die Familie stamme eigentlich aus Ägypten, erfuhr Andrea. Atalany lachte, fixierte sie noch einmal im Rückspiegel und wandte sich dann der Straße zu. Es war viel los, Berufsverkehr.

Normalerweise konnte sie keine zwei Minuten neben ihrem Freund im Auto sitzen, ohne ihm Vorwürfe wegen seiner grauenvollen Fahrweise zu machen. Nun erschrak sie über die Aussicht, vielleicht Stunden im Taxi zubringen zu müssen, ohne die geringste Möglichkeit der Einflußnahme. Sie hatte keine Ahnung von der Route, die Mr. Atalany eingeschlagen hatte, wunderte sich aber, wie ländlich die Gegend war, durch die sie fuhren. Sie rang mit sich, ob sie nachfragen sollte, erkannte aber selber, wie sinnlos das war. Sie ließ sich in die leicht ranzigen, kühlen Polster sinken, blickte nach vorne und sah zu, wie sie sich auf dem sechsspurigen Highway, den sie jetzt erreicht hatten, Position um Position voranschoben. Tatsächlich – sie fuhren.

Ein unerwartet deutlicher, warmer Impuls sagte ihr, daß sie Mr. Atalany vertrauen konnte. Sie spürte das Bedürfnis, dem Fahrer das mitzuteilen, ihm zu schmeicheln, ihn aufzumuntern, ihm zu sagen, wie wichtig das Ganze für sie war. Sie wollte ihm von ihrer Sehnsucht erzählen, aber da sie nach Worten suchte, wurde ihr klar, wie schrecklich aussichtslos das war. Wem hätte sie davon erzählen können?

Und dann dachte sie einen Gedanken, den sie sich bislang erspart, an dessen Wirkumkreis sie nicht hatte rühren wollen – ganz unabhängig und weit jenseits der Frage, ob sie ihm seiner Aussage nach für sich selbst Glauben geschenkt hätte …

»Wenn Gott will, daß ich schwanger werde, dann werden wir es vor sechs schaffen!«

Im gleichen Moment erschrak sie darüber – aber da es nun geschehen war, trat der Gedanke sofort in die Wirklichkeit hinüber, begann, sich auszubreiten, erfüllte den Innenraum und gab jedem Detail einen geheimnisvollen Anstrich, legte sich über die Kühlerhaube des Taxis, über jeden der zahllosen Wagen, die Atalany konzentriert, aber ohne jede Hektik überholte.

Mittlerweile waren sie auf dem Staten Island Expressway, der nach Osten durch recht heruntergekommene Wohngebiete führte. Bisher, fast zu ihrer eigenen Verwunderung, lief es ausgesprochen gut. Stellenweise war der Highway so ausgestorben, als ob eine große Welle an Verkehr ihn durchspült und ein stilles Tal, eine wandernde Leere hinterlassen hätte, in der sie jetzt kreuzten.

Andrea, die keine Ahnung von den Verhältnissen hatte, die hier herrschen konnten, erschrak bei jeder Verdichtung des Verkehrs, da sie bei allem die Uhr im Auge behielt und jenes freundlich-gemächliche Voranschreiten der Zeiger sich augenblicklich zu beschleunigen schien, sobald die physische Geschwindigkeit des Wagens abnahm.

Um halb sechs passierten sie die Verrazano-Narrows-Brücke, und hier schien es zum ersten Mal zu einem Stau zu kommen, Andrea sah mit Entsetzen die roten Bremslichter aus den drei Reihen ungezählter Autos wie gefrierende Wellen heranlecken, bis Atalany seinerseits auf die Bremse gehen mußte, und jedesmal, wenn er das tat, gab es ihr einen Stich. Wie sie die unabweisbare, störende Existenz der anderen auf diesem Planeten doch haßte. Ganz weit entfernt sah man die Freiheitsstatue.

Dann stand der Wagen fast. Was würde sie tun, wenn sie es nicht schaffte? Wenn die Antwort auf ihre Frage negativ wäre und es auch im Himmel niemanden gab, auf den sie sich verlassen konnte? Vielleicht ging es darum zu begreifen, daß die ganze Sache in ihrer eigenen Hand lag? Wenn sie es nicht schaffen würde, dann könnte sie immer noch Richard anrufen. Ihr Herz schlug ihr bei dem Gedanken bis an die Kehle. Richards Visitenkarte, ein schmales Format aus gelblichem Bütten, steckte vorne in der Brusttasche ihres Blazers. Richard Shuler.

Shuler war der immer noch jugendlich wirkende Chef einer kleinen Agentur, der ihr vorgestern nach einem Mittagessen seine Karte gegeben und sie eingeladen hatte, etwas mit ihm trinken zu gehen. Sie würde ihn mit Sicherheit noch im Büro erwischen – wenn, dann müsste sie den Fahrer nur wissen lassen, daß sich ihr Ziel geändert hatte. Brooklyn, Washington Heights. Wenn Richard keine Zeit hätte, würde sie sich schon zu behelfen wissen. Vielleicht war jetzt einfach der Zeitpunkt gekommen, an dem sie der hilflosen Blödigkeit ihrer Beziehung entkommen und sich einfach holen sollte, was ihr von ihrem Freund verweigert wurde. Selbst wenn Richard nicht da wäre.

Sie rollten langsam an der Ausfahrt vorbei, aber weiter vorne, keine dreihundert Meter, kam noch eine. Sie müßte sich jetzt nur entscheiden – denn eigentlich könnte sie doch auch einfach nach Manhattan zurückfahren, sich ein Hotel nehmen, oben in der Madison gab es angeblich ein paar Bars, wo es ganz leicht war. Man mußte sich nur auf einen Drink einladen lassen – das war alles.

Sie blickte nervös zum Fenster hinaus – rechts von ihnen rollte ein weißer, heruntergekommener Cadillac, in dem ein ganz offensichtlich aus der Karibik stammender Fahrer saß, der das Lenkrad auf eine merkwürdige Weise umklammert hielt, als beabsichtige er, gleichzeitig zum Fahren noch ein Schläfchen zu halten. Seine Dreadlocks hingen auf luftig-lustige Weise über seinen Unterarm.

Andrea steckte Shulers Karte zurück, holte tief Luft und lächelte, obwohl ihr elend und traurig zumute war. Nichts aus dem aufblitzenden Gewimmel pornographischer Klischees würde geschehen. Die Wahrheit nämlich war, daß sie sich zwar nichts sehnlicher wünschte, als schwanger zu werden, ja, daß sie zu diesem Wunsch förmlich geworden war, aber, und da saß das Problem, fast ebenso sehnlich wünschte sie, es von ihrem Freund zu sein. Nicht daß sie Angst gehabt hätte, tatsächlich fremdzugehen, aber es ging hier nicht um Treue, sondern um Hingabe. Sie schluchzte ganz leise, verdammt. Sie war in der Falle.

Das Zweifache dieser Hingabe sowohl an das noch nicht Geborene, das Ausstehende schlechthin, als auch an das seit langem Feststehende erschien ihr so ungerecht, daß sie manchmal am liebsten laut aufgeschrien hätte, derart in die Zange genommen vom Zartesten und vom Herbsten, das sie kannte. Ihr Freund, der Arbeiter. Wenn das Leben eines Mannes eine Insel wäre, dachte sie, dann wäre sie unbewohnbar. Ach Gott, bitte laß es uns schaffen.

Atalany, der ihre Unruhe bemerkte, ohne natürlich nur die geringste Vorstellung von ihren wahren Ursachen zu haben, gab ihr in einem aufmunternden Tonfall zu verstehen, daß sie gut im Rennen lägen, an der übernächsten Ausfahrt hätten sie zwei Drittel der Strecke hinter sich gebracht. Wenn nicht nach der nächsten Kurve irgendeine Überraschung auf sie warten würde, dann könnten sie es schaffen. Dann erreichten sie den Shore Parkway, der sich an der Südküste Brooklyns entlangschlängelte. Der Anblick des Atlantik war atemberaubend.

Andrea faßte sich wieder und war fest entschlossen, daran zu glauben, daß sie es schaffen würden. Sie konzentrierte sich darauf, ruhig zu atmen. Der Verkehr rollte wieder, wenn auch zäh. Atalany gab sich jetzt alle Mühe, pirschte sich unaufhaltsam voran, und bald lag der weiße Cadillac des Rastatypen weit hinter ihnen auf der mittleren Spur, während sie bereits auf die rechte hinübergewechselt waren. Sie erreichten die Abfahrt, die allermeisten Wagen schoben sich in andere Teile von Brooklyn weiter. Sie hatten freie Fahrt, beiden, dem Fahrer und seinem Gast, entrangen sich

Seufzer freudiger Erleichterung, als sie schließlich tatsächlich auf der Anfahrt zum Flughafen waren, den weiten Bogen zu den Abflughallen nahmen und sich plötzlich, so als sei es das Natürlichste von der Welt, dem in der Abendsonne strahlenden, großmächtigen Emblem der Air France näherten, die das Gate 2 besetzt hielt. Es war 17 Uhr 59, als Atalany den Wagen direkt vor dem metallisch schimmernden, gläsernen Eingang zum Stehen brachte. Kein anderer Wagen weit und breit – es herrschte entspannte, aufgeräumte Ruhe.

»Sie haben es geschafft! Ehrlich – so was habe ich noch nie erlebt! Sie haben wirklich Glück!«, sagte Atalany strahlend. Andrea, von den letzten rasanten fünf Minuten überrascht wie von einer Dusche reinigender Empfindungen, gab ihm mit einem Strahlen seine fünfzig Dollar. Atalany nahm sie professionell entgegen, respektvoll dankend mit einem anerkennenden Schürzen seiner Lippen. Er ließ den Kofferraum zufallen, die beiden, die zusammen einen nervenaufreibenden, in seinem Verlauf aber um so erstaunlicheren Trip hinter sich gebracht hatten, gaben sich zum Abschied die Hand und wünschten sich alles Gute.

Andrea war allein. Ein letztes Mal blinzelte sie in die Abendsonne. Kein Wölkchen stand am Himmel. Sie hatte es tatsächlich geschafft – fast kam es ihr so vor, als habe sie die Fahrt nur geträumt und wäre in Wahrheit von den zauberischen Händen eines hilfreichen Geistes nicht nur vom einen zum anderen Flughafen, sondern überhaupt an diesen Punkt in ihrem Leben getragen worden. Etwas war geschehen, sie fühlte magische Gewißheit, doch wagte sie es nicht, den Namen jener Instanz, die sie um die Entscheidung angegangen war, noch einmal zu denken: aus dankbarer Bescheidenheit.

Jetzt, da ihre Bitte erhört worden war – war es denn nicht so? –, fühlte sie sich ganz und gar wie die Dienerin ihres ungeborenen Kindes, und das Wohlwollen, das ihr zuteil geworden war, galt nur dem Dienst, dem sie sich hingab. All die frühen Stunden in der Bahn zwischen Berlin und Hamburg, die Einsamkeit unter der Woche, wenn sie aufs nächste Wochenende hoffte, jede Prozedur, die sie unter den Händen ihrer Ärzte über sich hatte ergehen lassen, und den Stich jeder einzelnen Nadel in ihren Unterleib fühlte sie mit einem Mal gerechtfertigt – auch wenn die Spritzerei die Hölle gewesen war. Aber nun war ja alles in Ordnung.

Fast empfand sie sogar Dankbarkeit gegenüber Frau Hellwein, da ihr ohne das Versehen der Redaktionssekretärin das Erleben jener fraglosen, gewaltigen Zustimmung nicht zuteil geworden wäre, jenes Lächeln der Welt, das sie jetzt – einsam in der Abendsonne unter einem blau blühenden New Yorker Himmel auf sich ruhen fühlte.

Im Inneren des Gates herrschte dann ein derartiges Gedränge, daß Andrea wie geblendet war. Leute mit gewaltigen Kofferbergen auf ihren Gepäckwagen schoben sich in einer seltsamen Geometrie durch den dreißig Meter hohen Raum der Schalterhalle, der erfüllt war von vielsprachigem, offensichtlich nervösem Geraune. Andrea entdeckte inmitten des Gewusels eine junge Air-France-Mitarbeiterin. Sie wisse, daß sie spät dran sei, begann sie, aber es sei ein Wunder, daß sie es überhaupt noch geschafft habe, sie sei für den

19-Uhr-20-Flug hier und wolle sich auf jeden Fall noch einchecken, ob sie Andrea helfen könne?

Die Air-France-Mitarbeiterin, fast noch ein Mädchen, machte ein indigniertes Gesicht, sah ihr kaum in die Augen und wies auf einen weit entfernten Punkt am Ende der Halle. Dort sei das Ende der Schlange, dort solle sie sich bitte anstellen. Ja aber, sie sei doch schon so knapp dran, und sie müsse den Flug einfach bekommen. Aber die junge Frau hatte sich bereits anderen, mit ihren Tickets in der Hand wartenden Reisenden zugewandt.

Dann würde Andrea sich eben auf eigene Faust nach vorne durchfragen. Ohne noch länger zu zögern, bemühte sie sich ans Ende der Schlange, das ein hochgewachsener Typ mit Schnäuzer und eingefallenen Wangen einnahm.

Sie erzählte ihm dasselbe wie dem Air-France-Mädchen, verbunden mit der herzlichen Bitte, sie angesichts ihrer Lage doch freundlicherweise vorzulassen – »Und stellen Sie sich vor, wir haben von Newark bis hierher nur eine Stunde gebraucht!«, fügte sie noch hinzu und lächelte ihr schönstes Lächeln. Der Mann sah sie müde an und erklärte ihr dann in gebrochenem Englisch, daß er auf denselben Flug warte. Schon seit ein paar Stunden übrigens. Wie eigentlich alle hier. Der Flug – so wie jeder Air-France-Flug an diesem Abend – sei überbucht, angeblich dreifach. »Sehen Sie nicht, was hier los ist?«

Für eine Sekunde hätte sie noch, derart restlos von der Undurchdringlichkeit der Wirklichkeit enttäuscht, anfangen mögen zu schluchzen, aber das war nur – stellte sie dann fest – ein Reflex. Als hätte sie alle Schluchzer ihres Lebens in den letzten zwei Jahren verbraucht, war plötzlich nur noch Leere und kein Material der Verzweiflung mehr übrig, wo sie immer welches gefunden hatte. Mit einem Schnippen verglühte ihre Sehnsucht wie eine Sternschnuppe am gelassenen nächtlichen Himmel. Es fühlte sich an, als hätte der Plan, schwanger zu werden, niemals existiert.

Andrea spürte eine urplötzlich heraufziehende Stille inmitten des bewegungslosen, wimmelnden Chaos des Air-France-Gates, die kühl und köstlich war. Hoffnungslos, also frei von jeder Bewegung in ihrem Inneren, sah sie den anderen Menschen zu, sah überhaupt erst einmal, wie zahlreich sie waren. Andrea beobachtete, wie die Menschen, zusammen mit ihrem Gepäck, von einem Punkt der riesigen, übervölkerten Halle zu einem anderen gingen, wie sie immer wieder die Angaben auf ihren Tickets lasen und sich erregt unterhielten. Wie sie die von einer höheren planerischen Intelligenz über den gesamten Raum verteilten jungen Mitarbeiterinnen von Air France anflehten oder anbrüllten und ihnen klarzumachen versuchten, wer sie waren und warum es eine persönliche, berufliche und emotionale Katastrophe darstellte, daß der vor sechs Wochen gebuchte Sitzplatz nicht verfügbar sei, ein Umstand, der Air France teuer zu stehen kommen würde. Es waren mindestens zweitausend Menschen, und jeder von ihnen – gleichermaßen aus der gewohnten Bahn geworfen – hatte seine Gründe, seine Geschichte, sein eigenes Taxi und seinen eigenen Atalany.

Selbst die Air-France-Mitarbeiterinnen in ihren todschicken Uniformen waren alle aus irgendwelchen, bis zum Tage ihrer Geburt zurückreichenden Gründen da, und nicht nur, weil es zur Politik der französischen Fluggesellschaft gehörte, aus dem Nicht-Auskunft-Geben eine schöne Kunst zu machen. Jeder hatte sein Ziel und seine Gründe, und jeder verhielt sich deshalb auf eine bestimmte Weise. Alle zusammen waren sie miteinander verknotet.

Bloße Zufälle hatten sie selbst schlagartig ihres Zieles beraubt, sie war plötzlich frei, ihr Dienst hatte geendet, und nur deswegen sah sie auf die Welt, als wäre sie vielleicht schon früher einmal dagewesen, aber lange nicht mehr. Sie staunte über jeden einzelnen in der trägen Riesenverschlingung dieses Abends – und erschauerte angesichts einer Ahnung von den Ausmaßen der Menschenwelt und den Illusionen, aus denen sie bestand. Denn von all den Absichten und Zielen, die die Menschen umtrieben, die sie brüllen, weinen und hektisch telefonieren ließen, war nirgendwo etwas zu sehen. Eigentlich herrschte großer Frieden.

Eine wichtige Information, den weiteren Verlauf der nächsten Stunden betreffend, wurde durchgesagt. Sie lauschte der sich ewig hinziehenden Ansage. Sie verstand kein Wort. Aber zum ersten Mal fiel ihr auf, was für eine ungewöhnlich schöne Sprache Französisch doch war.

Verdammtes Material

»Beware and take care of Bight of Benin;
There's one comes out for forty go in.«

(Habt Acht vor der Bucht von Benin, seid auf der Hut,
Von vierzig nur einer zurückkehren tut.)

Englischer Seemannsspruch, 17. Jahrhundert

Ne, normalerweise nich. Wie ich hierhergekommen bin? Ja, eigentlich fing es damit an, daß ich nach dem Aufstehen gegen 13 Uhr feststellen mußte, daß ich nicht bloß schon wieder nichts mehr zum Rauchen hatte (wie auch!), sondern daß meine Vorräte auch kein vernünftiges Frühstück mehr hergeben würden. Also beschloß ich, einfach gleich ins Nashville zu gehen, wo man rund um die Uhr für Einsfünfzig frühstücken kann, Tasse Kaffee, Brötchen, und, da Roswitha nie was anderes als Aufschnitt vorrätig hat und ich zum Frühstück kein Fleisch runterbekomme, meinen Kräuterquark bei *Feinkost Nahm* zu holen und damit dann zu Rosi ins Nashville zu marschieren.

Ich betrete also den Laden, ein uraltes Teil, das vom Ehepaar Nahm betrieben wird. Frau Nahm steht hinter der Wursttheke und wischt, Herr Nahm, akkurat mit kariertem Hemd und grünem Pullunder, steht mit hinter den Rücken verschränkten Händen neben dem Kühlregal. Vor der Wursttheke lungert ein vollbärtiger Typ, so ein Rothaariger, gar nicht so alt, wirkt aber wie aus einer unerfindlichen Müdigkeit auferweckt, auf jeden Fall erzählt er ganz aufgeregt, wie er früher immer, vor fünfzehn Jahren, an einem bestimmten Wurststand zu essen pflegte, der vorne an der U-Bahn Leinestraße gestanden hat, immer mittwochs, det war vielleicht jut, und wie er – vor fünfzehn Jahren, als er noch »uff Arbeit« ging – manchmal, wenn es ihm besonders gut geschmeckt hatte, auch noch die Haut mitaß, die man extra dazubekam. Eigentlich war die Haut immer zuviel. Aber an guten Tagen, an denen es – glaubt man seinen Ausführungen – zu dieser Zeit keinen Mangel gab, habe er die Extra-Haut auch noch aufgegessen, obwohl es eigentlich nicht zu schaffen gewesen sei. Frau Nahm lacht, ich hab diese Frau noch nie so fröhlich gesehen. Ihr altrosa Kittel schimmert, und der Mann erzählt die ganze Zeit immer wieder von »Haut-Matze«, was der Spitzname der Wurstbude war.

Ich muß sagen, daß ich eine ganze Weile interessiert zugehört hab, weil ich den Haut-Matze als Kind auch noch kannte, damals, aber ich hab's ja nicht so mit Fleisch, und deswegen hab ich dort nie was gegessen. Der Typ beschreibt dann noch die verschiedenen Formen grassierender, nur durch einige Underbergs zu heilender Übelkeit, die ihn dann meistens befallen hätten und, ehrlich, schön langsam scheint es mir auch an der Zeit zu sein, ein Häuschen weiterzuziehen, also mische ich mich ein und sage »Hallo« zu Herrn Nahm, »Hallo und guten Tag, ich hätte gerne Kräuterquark.« Er freut sich total und nickt mir aufmunternd zu.

Ich sage »Ja?«, und er wieder nur »Jaja...« und blickt mich mit riesigen Augen an und zwinkert irritiert, ich weiche dem Blick aus und sehe im spärlichst und penibel von

Frau Nahm eingeräumten Kühlregal: drei große Ramadosen, drei kleine, drei Sorten Dosenfisch à jeweils zwei Dosen Hering mit drei verschiedenen Saucen, und dann aber, links hinten, in der zweiten Etage, zwei Sorten Kräuterquark, und erfreulicherweise ist meine bevorzugte Marke doch tatsächlich dabei.

»Ah, da haben wir es ja schon…«, sage ich und versuche, ihn ermutigend anzulächeln, er aber, statt sich zu freuen, daß alles da ist, was einer der seltenen Kunden verlangt, sagt nur, »Mein Gott, jetzt ist mir sekundenlang nicht mehr eingefallen, was das ist…« und starrt mich mit entsetztem Blick an, daß mir selber ganz schwindlig wird, und ich frage also total blöd zurück, »Was was ist?«, und er sagt nur – »Na das!« Und dann lächelt er, er lächelt hilflos, es ist wahre Hilflosigkeit, denn auch mein Lächeln hilft ihm nicht weiter, hilft auch mir nicht weiter, und wir beide wissen das, ganz klar, Alzheimer oder irgendwas in der Art, aber anstatt daß ich Idiot darüber einen Witz mache, was ich mich nicht traue, oder einfach meine Klappe halte, lege ich ihm den Zwickel hin, der »K…« kostet nämlich Einsachtzig, lege ihm den Zwickel hin und sage, Idiot, der ich bin, sage, »Naja, jetzt is' es Ihnen ja wieder eingefallen…«, und er aber, anstatt daß er einfach, ich sage mal, er hätte ja auch einfach nicken können, aber nein, kann er nicht, er schaut mich an, ich schaue ihn an, dann auf den Zwickel, den er natürlich schon wieder vergessen hat, ich starre auf das von der Zigarettenmarke HB gestiftete Wechselgeldschälchen mit dem Zwickel, schließlich will ich ja eigentlich frühstücken, aber er kapiert es nicht, sondern starrt mich an und fragt doch wirklich, »Was ist mir wieder eingefallen?«, und das ist doch deprimierend, ehrlich, wenn das nicht bitter ist, also echt, und ich lächle verkrampft, weil mir wird es einfach zuviel, ich will raus, und auf die zwanzig Cent ist im Zweifel auch geschissen, also nehme ich den Kräuterquark, lächle und will mich verziehen, da unterbricht Frau Nahm plötzlich ihre Tätigkeit des Wurstthekesäuberns, weil die Alte das, was ihr Mann, der arme Kerl durch sein Alzheimer, nicht mehr draufhat quasi ausgleicht durch raubvogelhafte Aufmerksamkeit. Den Haut-Matze-Typen vor der Wursttheke läßt sie einfach stehen, einen Blick hat die drauf, daß mir ganz anders wird, ehrlich, stürzt zu ihrem Mann an die Kasse, krallt sich den Zwickel, der alte Nahm weiß gar nicht, was los ist, schlägt die zwanzig Cent auf das HB-Schälchen und raunzt ihn an, was er jetzt schon wieder mache, das sei ja nicht mehr auszuhalten, und dann fragt sie mich, ob alles in Ordnung ist, ich nicke, na klar, und will verschwinden, aber sie läßt nicht locker, sondern will wissen, welches Wort ihr Mann vergessen hat, ich versteh nicht, was sie meint, es ist mir eigentlich auch echt total egal, während Herr Nahm, auf diese abrupte Weise von der giftigen alten Schachtel aus dem Gespräch genommen, sprachlos und vor Verlegenheit stotternd danebensteht und seiner Frau zuhört, die wieder fragt, welches Wort ihr Mann vergessen hätte, und ich kann es erst nicht glauben, aber dann glaube ich es und sage, »Kräuterquark«, sie fragt noch einmal nach, »Kräuterquark?«, ich nicke und sehe Herrn Nahm an, weil ich das Gefühl habe, ihn irgendwie zu verraten, aber ehrlich, bei ihm flackert gar nichts auf, weil er es offensichtlich wirklich vergessen hat, er nickt sogar noch aufmunternd, ich nicke auch, und Frau Nahm seufzt, holt einen Block mit selbstklebenden Zetteln aus der speckigen Schürze, schreibt »KRÄUTERQUARK« in großen Buchstaben drauf und klebt den gelben Zettel an das Kühlregal, wo die restlichen Packungen Kräuterquark stehen, und da fällt mir das erst auf, daß überall im Laden diese Zettel kleben mit den Begriffen, die der alte Nahm, dessen Gedächtnis offensichtlich von grassierendem Mottenfraß betroffen ist, vergessen hat.

Irgendwie beschäftigte mich die Sache noch, als ich schon längst im Nashville eingelaufen war, mein Brötchen und meinen Kräuterquark verspeist und meinen Kaffee geschlürft hatte. Ich möchte sagen, daß mich die ganze Geschichte irgendwie melancholisch gestimmt hat, nachdenklich, darüber, wie das Leben seine Gaben verteilt; und wenn ich ganz ehrlich sein soll, kamen mir irgendwie Zweifel daran, daß die Sachen auf vernünftige Weise unter die Leute gebracht sind, weil, seien wir ehrlich, was soll der alte Nahm mit seinem Job, wenn bald an jedem einzelnen blöden Produkt ein von seiner besseren Hälfte in der Kittelschürze angefertigter gelber Zettel hängt, weil der arme Kerl sich hinten und vorne nicht mehr auskennt?

Das beschäftigte mich, weil mir klar wurde, daß mein großes Lebensproblem dem Problem Herrn Nahms sozusagen diametral entgegengesetzt war – leide ich doch daran, daß ich einfach nichts vergessen kann. Ich habe einen Blick, dem schwer was entgeht, fotografisch, würde ich mal sagen. Klingt vielleicht toll, aber ehrlich, sich nichts entgehen lassen zu können, ganz egal was, ist auf Dauer ganz schön anstrengend.

Ich weiß, daß mich die Leute für bescheuert halten – wenn ich selbst meine Fresse nicht schon kennen würde, ich würde mich auch fragen, ob der Typ, dem sie gehört, wohl ganz ausgebacken ist. Ich frage mich das seit meinem jugendlichen Erwachen, es war ein Mittwoch, und an diesem Tag gingen wir alle zusammen auf die Beerdigung eines Cousins meines Vaters, der deshalb zu Hause geblieben war und mit weißem Hemd, schwarzem Binder und seinen HBs in der Küche saß. Im Bad hing der rare Geruch nach Haarspray und Fön, der spezielle Lockenwicklergeruch meiner Mutter, die währenddessen im Schlafzimmer versuchte, den Reißverschluß ihres schwarzen Kleides zu schließen, ohne ihn kaputtzumachen.

Ich habe keine Ahnung, wieso es gerade an diesem Tag war, ich schätze, die Zeit war einfach irgendwie reif geworden wie einer meiner auf Vulkangröße gewachsenen Pickel – denn ich wachte ahnungslos auf, ging ins Bad, sah unterhalb der Treppe im Türrahmen den in der schwarzen Anzughose steckenden, strumpfsockigen Fuß meines Vaters am Küchentisch, machte die Tür zu – und wollte zum ersten Mal in meinem Leben das Badezimmer zusperren, was ich auch sofort gemacht habe. Ich wollte Privatsphäre, denn jetzt, das war mir plötzlich klar, würde ich herausfinden, wie ich aussah. Ja, ganz ehrlich. Plötzlich wollte ich das wissen. Ich ging zum Waschbecken, legte die Hände auf seine Ränder und beugte mich nahe an den Spiegel. Nicht, daß ich mich nicht schon vorher mal gesehen hätte, aber es war mir eben völlig egal gewesen. Diesmal schaute ich nicht zufällig, sondern mit aller Absicht. Ich kann sagen, daß ich den Anblick nicht vergessen habe. Mir wurde klar, daß ich einfach furchtbar dämlich aussehe. Nichts zu machen. So was von schräg. Und irgendwie hat sich mein, ich weiß nicht, wie man es sagen soll, vielleicht hat sich mein Gehirn irgendwie verändert, auf jeden Fall, seitdem sich mir dieser Anblick an jenem Mittwoch, es war übrigens der 13. April 1983, eingebrannt hat, war es immer öfter so, daß mir die Dinge deutlich vor Augen standen, obwohl sie schon gar nicht mehr da waren. Gedächtnis. Kann eine Qual sein, und genutzt hat es mir auf jeden Fall nichts. Damit will ich übrigens nicht sagen, daß es mir geschadet hat, das nun auch wieder nicht. Wahrscheinlich läuft es so oder so aufs Gleiche raus. Im Laufe der Zeit gewöhnt man sich übrigens daran, daß sich die Leute einem gegenüber immer so benehmen, als könnte man nicht bis drei zählen. Und irgendwie, habe ich mir immer gedacht, ist es vielleicht viel schlimmer, schlau auszusehen und es nicht zu sein, als andersherum.

Irgendwie waren aber, vielleicht aufgrund des erschreckenden Beispiels des Feinkosthändlers und der Tatsache, daß ich schon seit Wochen nichts zu rauchen hatte, die Schleusen meiner Erinnerung besonders weit aufgerissen – mir war wirklich zum Heulen zumute.

Ich saß währenddessen auf meinem Topf auf dem Nashville, und ehrlich gesagt, natürlich könnte ich die ganze Geschichte auch anders erzählen und dieses vielleicht in den Ohren gewisser Zuhörer überflüssige, ja sogar eklige Detail aussparen, aber wozu soll ich die Wahrheit verschweigen, weil es eben tatsächlich so war, daß ich gerade dabei war zu kacken und Schwierigkeiten durchlitt, die in den letzten Jahren fast schon so normal geworden sind, daß mir vielleicht was abgehen würde, wenn ich die Quälerei jeden Morgen nicht mehr hätte.

Plötzlich reißt jemand die Tür zum Klo auf. Ich weiß ja nicht, wie Ihnen das so geht – aber ich persönlich reagiere allergisch auf die Anwesenheit eines anderen Menschen, während ich mit meiner Verdauung beschäftigt bin, es ist mir einfach peinlich, also gab ich keinen Mucks von mir, was auch deswegen angeraten war, weil der Typ ein Gespräch an seinem Mobiltelefon führte.

»Nein, Chef«, sagte er, »ich weiß schon, wenn er dann die Frage stellt, sage ich ›Abends, wenn die Zicklein schlafen…‹, und fertig. Klar, ich habe es mir aufgeschrieben. Dann nehm ich den Wagen und mach das Material klar. Nur keine Sorge! Ich habe das Handy, auf dem er mich anruft. Bei mir, ja, sicher… klar habe ich es dabei. Du bist ja völlig durch den Wind. Das wird schon, Chef, mach dir mal nicht so viele Sorgen.«

Das waren seine Worte. Ich hörte, wie er abstrahlte und wie alles neben das Pißbecken pritschelte, und dann verzog er sich zügig. Ich hatte natürlich keine Ahnung, was da vor sich ging, aber der Tonfall von dem Kerl, das war ganz klar, der Tonfall deutete darauf hin, daß er irgendwie angespannt war und es eilig hatte, wieder rauszukommen.

Ich weiß auch nicht wieso, irgendwas sagte mir, daß ich mir das Ganze mal ansehen sollte, den Typen und so weiter – weil, und da war ich mir sicher, das war auf jeden Fall spezielle Kundschaft, auch wenn ich auf dem Topf überhaupt noch nicht weitergekommen war. Ich bin aber nicht direkt in den Schankraum gegangen, sondern nach dem Klo links ums Eck, wo es eine Tür zum Hausflur gibt. Ich wollte nicht, daß der Kerl nur auf die leiseste Idee kommen könnte, ich hätte vielleicht mitgehört.

Drinnen dann bot sich mir folgendes Bild – rechts, an der Schmalseite des Tresens, hatten sich in der Zwischenzeit Konrad Heini und seine schweigsame Stieftochter Maren niedergelassen, sie wie immer vor ihrer Cola, er hatte gerade sein erstes Gedeck abgeschüttet. Nur gegen das Zittern, wie er immer sagt. Roswitha, die schon wieder ein frisches Pils unter dem Hahn stehen hatte, unterhielt sich mit den beiden, wobei ja Maren als Gesprächspartnerin flachfällt.

Auf einem Hocker vor den Spielautomaten saßen zwei südasiatische Zeitungsausträger. Ich kenne die, weil ich mir schon ein paar Mal ein Exemplar der b.z. von ihnen ausgeliehen habe, wenn ich gerade frühmorgens an ihrem grün bespannten Wägelchen vorbeigekommen bin. Beide Automaten liefen, und so wie es aussah, hatte der eine von den beiden Kästen sich gerade zu einer gediegenen Abfolge von Sonderspielen entschlossen. Die Zeitungsausträger, ich glaube, Pakistani, hatten sich zwei Tassen von Rosis Gourmet-Kaffee geleistet und freuten sich.

Vorne links an der Breitseite des Tresens stand mein Mann, ganz klar. Nicht nur, daß ich ihn noch nie hier im Nashville gesehen hatte: Seine ganze nervöse Erscheinung paßte gut zu der Stimme auf dem Klo – ein mittelgroßer Bursche, also einen guten Kopf kleiner als ich, weil ich bin nun einmal, leider muß man das sagen, so ein verdammter Schlaks, weshalb ich mir ja auch meine völlig verkorkste gebückte Haltung angewöhnt hab, weil ich mich ständig runterbeugen muß, wenn ich mich mit jemandem unterhalte, das ist so eine Sache der Höflichkeit. Der Typ also stand am Tresen, schwarzer Anzug, rotes Hemd und ein grauer Binder, Fläschchen Bismarckquelle, schön mit Zitrone. Vor ihm liegen zwei Telefone, die er mit seinen Händen abschirmt, wie Vögelchen, die jeden Moment auffliegen könnten oder so, na ja. Auf jeden Fall starrte er die beiden Teile vollkommen konzentriert an, und einmal verglich er die Uhrzeiten auf ihnen mit seiner Armbanduhr.

Ich setze mich rechts von ihm an den Tresen und grinse ihn an – und ehrlich – in dem Augenblick schon, da durchzuckt mich so eine merkwürdige Gewißheit, daß es irgendwie gut läuft für mich, ich grinse ihn an, und er nickt sogar, und ich erschrecke richtig für eine Sekunde, weil ich mich frage, ob er es mir ansieht, daß ich Bescheid weiß.

Aber dann überkam mich eine unwahrscheinliche Ruhe, weil mir plötzlich klar wurde, wie dämlich ich ja aussehe und daß ich hinter meiner ganzen skurrilen Erscheinung in Sicherheit war, warm und trocken irgendwie, und tatsächlich nickt der Typ einfach nur und starrt weiter auf seine beiden Telefone. Ich gucke hinten in den weißgefliesten Spalt von der Küche, den man von meinem Platz aus sieht, und denke darüber nach, daß ich keine Ahnung habe, was jetzt gleich passieren wird, als es auch schon passiert, und das eine der beiden Telefone klingelt.

Der Typ geht sofort ran, und ehrlich, schon an der Art, wie er das Ding hält, ist mir klar, daß es sich um einen Anrufer handelte, den er kannte. Und ich auch – es war der »Chef«.

»Was«, sagt der Typ mit dem grauen Binder, »was willst du wissen? Ach komm, jetzt reichts aber! Ich weiß es nicht ...«, jetzt dreht er sich weg, redet weiter, nimmt dann das Telefon runter und überlegt einen Moment. Genau in dem Augenblick geht hinten bei den Spielern einer der Automaten förmlich in die Luft, macht richtig Krach, und irgendwie vergißt sich der Typ, schüttelt den Kopf und geht wieder aufs Klo. Es waren glasklare Sekunden, denn kaum war er weg, klingelte das andere Handy, ein uraltes Teil übrigens, ne alte Maschine von Nokia, und ich frage mich, was ich da tue, während ich es tue. Das Telefon lag einfach so da, klingelte – es war faszinierend, weil ich wußte, daß ich nur drangehen müßte. Dann nehme ich es auch schon, drücke auf den grünen Knopf und sage »Ja?«.

»Wann kracht es im Gebirge?«

»Abends, wenn die Zicklein schlafen.«

Kurze Pause, der Typ, der einen auffälligen bayerischen Akzent hat, breit und gleichzeitig schnaufend abgehackt spricht, genießt offensichtlich die Wirkung der richtigen Antwort und fragt dann:

»Du holst das Material ab?«

Ich muß grad noch schlucken, bejahe aber so ruhig wie möglich.

»Hast du einen Wagen?«

»Klar«, sage ich und höre meiner eigenen Stimme zu,

»klar habe ich einen Wagen« – und währenddessen denke ich an den einen uralten Jaguar, den irgendjemand vor einer guten Woche unmittelbar vor dem Nashville abgestellt, nicht abgesperrt und seitdem nicht bewegt hat. Der war mir schon länger aufgefallen.

»Also gut, Bleibtreustraße Nr. 7, klingel bei Jessermayer, mit A-Y. Das Handy kannst' wegwerfen, ich werd nicht mehr anrufen.« Damit legte er auf. Der Kerl, der so einen breiten bayerischen Akzent hatte, war alles andere als weitschweifig.

Das Handy ruhte wieder – als ob es nie anders gewesen wäre – auf dem Tresen, und da kam auch schon der andere Typ aus den Toilettenräumen zurück, legte sich alles wieder zurecht, schaute, ob es einen versäumten Anruf auf dem wichtigen Handy gab, aber da war natürlich nichts. Dann starrte er wieder auf die Uhr und wartete weiter. Ich saß neben ihm, und wenn nicht alles so glasklar um mich herum gewesen wäre, hätte ich wahrscheinlich irgendwas zu ihm gesagt, weil ich mich magisch davon hätte angezogen fühlen können, mich irgendwie bei ihm zu verplappern, mit ihm ins Gespräch zu kommen, jetzt wo ich dabei war, das Geheimnis zu lüften. Aber ich hielt meine Klappe, nickte Roswitha zu, die kein bißchen irritiert war und mein Frühstück wohl vorsorglich schon auf meinen Deckel aufnotiert hatte.

Ich weiß gar nicht, ob ich erwähnt hab, daß ich eigentlich ein ganz brauchbarer Elektriker bin, das ist der Beruf, den ich gelernt hab, bei Rischel in Gropius-Stadt. Ich war nie richtig als Elektriker tätig, nach der Lehre, meine ich, weil ich die auch nicht in dem Sinne abgeschlossen habe, aber das Ganze steckt mir trotzdem im Blut. Der Wagen war ein alter Daimler, Mitte der siebziger Jahre gebaut, würde ich mal sagen. Erst wollte er nicht so recht, ich kenne die Schüsseln, die zieren sich manchmal, sind aber eigentlich grundgut, man braucht einfach nur Gefühl.

Nach einer Weile Gefrickel rollten wir dann auch über den Columbiadamm Richtung Charlottenburg. Das Ganze war so schnell gegangen, daß mir überhaupt keine Zeit geblieben war, drüber nachzudenken, was ich da tat, aber auch das stimmt eigentlich nicht ganz, ich weiß gar nicht, wie ich es sagen soll – seit dem Augenblick, in dem das magische Mobiltelefon geklingelt hatte und ich drangegangen war, lief alles neben mir her und nicht mehr in mir drin – wobei ich ganz klar sagen muß, daß die Aussicht auf das Material, das offensichtlich in der Bleibtreustraße auf mich wartete, irgendwie schon ein erwartungsfrohes Glücksgefühl in mir auslöste. Ich weiß, daß es unwahrscheinlich klingt, aber da war einfach keine Spur von Angst.

An der Monumentenstraße kamen der Daimler und ich in den Stau, und ich konnte mich endlich mal in Ruhe umsehen. Aus den Sachen, die im Jaguar drinlagen, konnte ich allerdings nicht schließen, wem der Wagen gehörte, die Mischung war irgendwie undurchschaubar, ein Paar schwarze Strümpfe, gebraucht, ein Paar Schuhe Größe 46, nagelneu, irgendwelche eingerollten Bauzeichnungen, eine Sammlung ziemlich feiner Schraubenzieher und schließlich eine Zeitschrift mit dem Titel »Der Kunstmakler« – ich lese ja vor allem die b.z., muß aber sagen, daß mich das Thema der

Zeitschrift eigentlich augenblicklich interessierte. Hinten auf der Rückbank lag dann noch ein schwarzer, großkrempiger Hut, den ich ausprobierte und der mir paßte. Schließlich war der andere Typ, der vermutlich noch immer im Nashville saß und auf den Anruf des Bayern wartete, sogar mit Binder unterwegs, auch wenn es ihm nicht viel genützt hatte, da schien es mir einfach angebracht, mich ein bißchen aufzumöbeln. Ich hatte mein normales Van-Halen-T-Shirt und meine Tarnfarbenjacke an, da würde der schwarze Hut auf jeden Fall edel rüberkommen. Gut, meine Matte störte natürlich, aber ein Pferdeschwanz, und alles wäre in Ordnung.

Das Paar nagelneuer Schuhe, schwarz, Lack, teuer, erregte dann zwischendurch mein Interesse – weil ich mal eine Zeitlang sozusagen im Schuhhandel tätig war, und aus der Zeit ist mir ein genaues Wissen um Schuhmarken und Größen erhalten geblieben. Der Handel bestand darin, daß ich mich bei den Schuhläden im näheren Umkreis bis vielleicht hoch zum Kottbusser Tor dafür interessiert hab, wer welche Schuhe draußen auf den klassischen Schuhständern stehen hatte und ob es sich um linke oder rechte Schuhe handelte – es ist Ihnen ja vielleicht schon mal aufgefallen, daß die Schuhhändler sich gegen Diebstahl auch dadurch absichern, daß sie immer nur einen Schuh rausstellen und präsentieren. Man muß halt durch die Gegend marschieren, das ist klar, und sobald man von einem Modell zwei ungefähr zusammenpassende linke und rechte Exemplare entdeckt hat, muß man sich umhören, ob es jemanden gibt, der gerade zufällig nach genau diesem Modell sucht. Dann stattet man nacheinander den beiden verschiedenen Schuhläden – oder eigentlich nur den Auslagen – einen Besuch ab und kann dieses Paar dann für ungefähr ein gutes Drittel des Ladenpreises verkaufen. Na ja, ehrlich gesagt, als das Geschäft zwischendurch so richtig ins Laufen kam und die Bestellungen förmlich explodierten, da habe ich dann diese fürchterlichen Knieschmerzen bekommen, und alles war zu Ende, bevor es richtig angefangen hatte.

Von Schuhen jedenfalls verstehe ich ein bißchen was, und das Paar im Jaguar war erste Wahl. Handgemacht. Ich nahm den linken Schuh, blies auf die feine Staubschicht, streichelte über das Oberleder und wog das feine Stück in der Hand. Im Inneren des Schuhs entdeckte ich eine handgeschriebene Rechnung von einem Schuster in Kreuzberg, »Neu Besohlt –160 Euro« – und in der Tat, die Sohle war jungfräulich, kein Kratzer drauf.

Als es endlich weiterging, stellte ich den Schuh auf den Beifahrersitz und ließ den Jaguar runter in die Akazienstraße rollen. Daß die Schuhe einwandfrei meine – eigentlich seltene – Größe waren, nämlich 46, hatte ich auf den ersten Blick gesehen. Das letzte Mal, daß ich Schuhe mit glatter Ledersohle getragen hatte, war bei der Beerdigung von meinem Alten gewesen, dunkelrote Slipper, mit denen ich mich dann spätnachts – weil die Sohlen einfach zu glatt waren – auf den Stufen der U-Bahn auf die Fresse legte, daß es eigentlich ein Wunder war, daß ich mir damals nichts gebrochen hab.

Aber ich dachte auch ein bißchen an den Typen aus Bayern, den ich gleich treffen würde, und da kam es mir so vor, als wären meine Springerstiefel vielleicht nicht das ideale Schuhwerk, um in der feinen Bleibtreustraße in Charlottenburg einen Haufen Material abzuholen. Ich stellte den Wagen auf der Lietzenburger ab, weil ich die neuen Schuhe ein bißchen einlaufen wollte, für den Fall, daß sie tatsächlich paßten. Ich strampele mich aus meinen Springern, probiere den linken, paßt wie angegossen, nehme den rechten Schuh, meine Zehen beginnen sich vorsichtig nach vorne zu tasten und stoßen auf einen überraschenden Widerstand – festes, zusammengerolltes Papier, und natürlich denke ich an irgendein Papierchen, das der Schuster drin vergessen hat, doch als ich das Papierchen raushole, halte ich plötzlich Geld in der Hand. Fünf nagelneue Scheine, im Ganzen genau dreihundertvierzig Euro, zu einem Bündel zusammengerollt.

Ich weiß, daß das alles unglaublich klingt, aber ich schwöre, daß es so war. Eins und eins zusammengezählt, war wohl der Typ, dem die Schuhe gehörten und der auch der vermutliche Eigentümer des Jaguars war, in dem ich die Schuhe gefunden hatte, zur Bank gefahren, hatte wahrscheinlich vierhundert oder fünfhundert frische Euro geholt, war mit der Kohle zum Schuster, zum Abholen, hatte alles in seinen Latschen deponiert und dann auf dem Beifahrersitz vergessen.

Ich muß sagen, daß ich das Geld eigentlich eher mitgenommen habe, um es nicht offen im Wagen lassen zu müssen. Von Stehlen würde ich nicht reden. Wenn überhaupt, dann war es geliehen, bis ich die ganze Geschichte hinter mich gebracht hätte. Ein Vorschuß.

Es war richtig schönes Wetter, und es machte Spaß, mit den neuen Schuhen Richtung Ku'damm zu laufen, noch dazu auf einen Schlag auch wieder flüssig zu sein wie schon lange nicht mehr, oder eigentlich – wenn ich richtig drüber nachdenke – wie noch nie. Die Schuhe glänzten, spiegelten die Sonne und paßten auch noch wie angegossen, die sahen richtig edel aus. Dagegen wirkten meine alten Hosen wie auf der Müllkippe gefunden. Ehrlich, ich mach mir eigentlich nicht allzuviel aus Klamotten, aber diese Bundeswehrhose – das wurde mir auf einen Schlag klar – war einfach das Letzte. Ich blieb stehen, und das erste, was ich sah, war ein Second-Hand-Laden für Männer, zwischen einer christlichen Buchhandlung und einem Versicherungsmaklerbüro.

Die Auswahl war alles andere als groß, aber ein Modell hatten sie da, das spitzenmäßig aussah, ein schwarzer Anzug, wie für mich gemacht, hundertfünfzig Euro sollte er kosten, naja die Hosen waren ein bißchen zu kurz, das Sakko ein bißchen zu weit, hundertzwanzig also. Mein Van-Halen-T-Shirt ging jetzt überhaupt nicht mehr, die Verkäuferin brachte mir ein Hemd und – ich weiß auch nicht wieso, vielleicht weil der Typ im Nashville, der vermutlich immer noch auf den Anruf des Bayern wartete, ja auch einen Schlips getragen hatte, auf jeden Fall gab es da einen schmalen roten Binder aus Leder, alles in allem keine zweihundert, das Kleingeld schob ich mir in die Hosentasche.

Ja, da war die Lawine schon irgendwie ins Rollen gekommen und gar nicht mehr aufzuhalten, denn während ich mit meiner Plastiktüte die Uhlandstraße hochlaufe, beginnen das Hemd und der Anzug und der Binder und die Schuhe und der ganze fabelhafte Scheiß, fangen die auf einmal an *zu jucken.* Ja, vor allem am Hals, am Kragen, aber auch am Kopf, so ein unbehagliches Gefühl irgendwie, es juckte plötzlich alles. Vor einem in einem Schaufenster angebrachten Spiegel blieb ich stehen und betrachtete mich, meine Matte und meinen Bart, den ich eigentlich nie hatte haben wollen, und da war der Fall auf der Stelle klar – weil, der Spiegel gehörte zu einem Friseurladen, wo eine gestandene Friseuse, die sonst gerade nichts zu tun hatte, mir mit so einem mütterlichen Blick entgegensah.

Vielleicht war es auch so, daß die unmittelbar bevorstehende Begegnung mit dem Bayern mir irgendwie Kopfweh bereitete und ich unbedingt nach Gründen suchte, das Ganze hinauszuzögern. Keine Ahnung. Erstmal wusch sie die Matte, und dann modellierte sie mir den ersten sauberen Scheitelschnitt seit der Abschlußfeier an der Hauptschule. Ganz zum Schluß seifte sie mich ein und rasierte mich mit einem Rasiermesser, obwohl das in Deutschland eigentlich verboten ist, meinte sie jedenfalls, aber sie mache das immer so gerne, und ehrlich, keinen einzigen Pickel hat sie mir aus Versehen aufgeschnitten, was man direkt erstaunlich nennen muß, weil daran auf meiner Gesichtshaut ja leider kein Mangel herrscht. Am Schluß besprühte sie mich mit nebligem Wohlduft. Ich gab ihr fünzig Euro. Ein letzter Blick in den Spiegel war phänomenal – wobei ich dazu sagen muß, daß ich eigentlich immer schon eine ziemliche Schwäche für James Bond hatte, weil – hab ich das schon erwähnt? – ich heiße ja Bendo mit Nachnamen, und eigentlich benutze ich meinen Vornamen, Frank, nach meinem Alten, nie und nenne mich selber eigentlich nur Bendo, find ich irgendwie lässiger.

Ich hab dann ernsthaft darüber nachgedacht, irgendwo noch einen Kaffee oder meinetwegen einen Schnaps zu trinken, aber da war dieser nicht zu leugnende schmerzliche Gedanke, daß es schon halb vier oder was war, auf jeden Fall höchste Zeit, endlich in die Bleibtreustraße zu marschieren und dem Bayern ins Gesicht zu sehen. Also klemmte ich die Tüte mit der Tarnfarbenhose und den anderen Sachen unter den Arm, und keine zehn Minuten später stehe ich vor dem Haus, suche den Namen, »Jessermayer«, tatsächlich, da war das Schild, ich klingele, erst nüscht, dann – der Summton. Ich die Tür auf, und dabei noch einen letzten Blick auf die Gegend, lauter Zahnärzte und Edelfreßbuden und eine sonnenbebrillte Oma mit ihrer Quartliga schlechtgelaunter Pinscher, ansonsten nichts. Ich meine, nichts Verdächtiges, ein friedlicher Sonnenscheintag, keine Zivilbullen in irgendwelchen roten Astras oder so. Junge, ich wurde immer nervöser.

Das Treppenhaus war mit rosa Marmor ausgekleidet, roter Läufer auf der Treppe, Spiegel, Kronleuchter, nicht wie bei uns in Neukölln alles zugestellt mit Fahrrädern und Kinderwagen – fühlt man sich gleich ganz anders beim Reingehen.

Im dritten Stock war's dann. Die Tür war auf. Ich trete ein und stehe in einer auf den ersten Blick sensationell riesigen Bude. Allein der Flur war größer als meine Wohnung in der Weisestraße. Feiner Läufer, die Wände in dunklem Holz getäfelt, überall Gemälde mit Goldrahmen und so weiter. Hätte ich mir eigentlich gar nicht vorgestellt, daß Dealer, ich sag mal, so »vornehm gediegen« wohnen, wie mein Alter immer sagte, wenn er von dem Haus von seinem Chef in

Britz sprach, der so was wie sein großes Vorbild war, auch in Stilfragen und so.

Rechts war eine Doppel-Glastür, die offenstand, und da niemand sonst zu sehen war, warf ich einen Blick hinein. Die Wände waren mehr oder weniger komplett aus Eichenholz, dazu Kronleuchter, schwere Teppiche, aber auch noch richtig viele Glasvitrinen, so bißchen wie in einem Vereinsheim irgendwie. War schon seltsam. Und dann sah ich ihn, den Bayern.

Er saß in einem gewaltigen Ledersessel, hinter einem Glastisch, auf dem ein Aschenbecher in Hufeisenform und eine Flasche Cognac standen, entkorkt, daneben ein leeres Gläschen. Einerseits dachte ich daran, daß ich mir also ruhig einen hätte genehmigen können, andererseits war ich auch wieder heilfroh, daß ich noch nüchtern war, weil der Bayer offensichtlich alles andere als erfreut war, mich zu sehen. Er trug ein schwarzes Hemd mit Goldkettchen, dazu kurze schwarze Shorts, und hatte einen ziemlichen Bauch, einen feinen Schnurrbart, der ihm irgendwie so einen Dackel-Ausdruck gab, aber man sollte sich da einen Dackel mit wirklich schlechter Laune vorstellen.

»Und, wie läufts?«, fragte er mich zur Begrüßung, beugte sich nach vorne und korkte die Flasche zu. Da fiel mir erst auf, daß seine Füße fast nicht auf den Boden reichten. Das mit dem Dackel traf noch viel mehr zu, als der erste Eindruck nahegelegt hatte. Mir hätte es fast die Sprache verschlagen. So kurze Beine!

»Läuft super«, sagte ich und setzte mich dem Bayern gegenüber auf eine Art antikes Fußschemelchen mit Lederbezug oder was das war, so konnte ich meine Arme bequem auf meinen Knien ablegen und befand mich auf Augenhöhe mit ihm.

»Ach so«, sagte der, »läuft super. Und deswegen läßt du mich warten? Oder wie seh ich das? Bin i a Depp oder was?«

»Quatsch, da war ein Stau. Tut mir ehrlich leid!«

»Na«, sagte der Bayer, »blöd's Arschloch.« Er entkorkte die Flasche wieder, sah, daß kein zweites Glas da war, und dann rutschte er flink wie ein Wiesel vom Sessel und huschte aus dem eichengetäfelten Raum.

Da saß ich nun und betrachtete die mächtige Bude des kleinen Mannes aus dem Süden eingehender. Ich war komplett verblüfft. Der Gedanke, daß ich ausgerechnet hier in den Genuß erstklassigen Materials gelangen sollte, trug einiges zu meiner Verwirrung bei. Hinter dem Glastisch hing ein Gemälde mit Goldrahmen – grasende blaue Pferde auf rotem Gras. Na ja.

Der kleine Bayer kam zurück, schön mit dem Gläschen in der Hand, stieg wieder auf seinen Sessel und schenkte mir ein.

»So«, sagte er dann schließlich und strich sich den dünnen Schnurrbart, »hat der Gustav endlich eingesehen, daß ihr sonst nie auf einen grünen Zweig kommts?« Er lachte.

Zu dem Thema konnte ich irgendwie wenig beisteuern, also sagte ich, »Ich soll das Zeug ja auch nur abholen …«, und kippte erstmal den Cognac. Der war dermaßen gut, daß ich einfach nur grinsen mußte.

»Ach so«, sagte der Bayer enttäuscht, »ich hab gedacht,

du bist der Assistent vom Gustav…«, und schenkte mir mit einem total trügerischen Lächeln noch einen Cognac ein. Klar, er wollte mich erstmal abfüllen, um mir auf den Zahn zu fühlen. Von mir aus gerne.

»Nich direkt, sag ich mal«, sagte ich, und während ich weiter den seelenruhigen Idioten gab, wurde mir immer lustiger zumute. Das zweite Gläschen kam eigentlich noch feiner daher.

»Was sind das denn alles für Pokale?«, fragte ich, weil ich mir sicher war, daß er da gerne drüber sprechen würde. Aber von wegen.

»Sag amal, willst mich verarschen, Fonsi?«, bellte er los, und redete dabei so stark Bayerisch, daß ich die einzelnen Wörter wie aus einem Brei herausfischen und neu zusammensetzen mußte. »Du schneist hier rein«, schrie er los, »verstehst mich, zwei Stunden, nachdem ich dich angrufen hab, weil ich am Gustav an Gfallen tun will! Zwei Stunden! Und du, was machst du?« Er rutschte von seinem Sessel und watschelte zu einer der Vitrinen.

»Was für Pokale! Ich glaub, du spinnst.« Er öffnete eine der Vitrinen und nahm ein Foto im Silberrahmen heraus, das praktischerweise auf dem untersten gläsernen Regalboden stand.

»Da, schau her«, sagte er, »des warma mit Lombard, oanasiebzge in Pariiihs!« Auf dem verblichenen Foto sah man eine Galopprennbahn und wohl das, was man ein Finish nennt, einen Haufen Pferde nämlich, auf deren Rücken sich *kleine Männer* der Ziellinie entgegenstreckten. Alles klar.

»Großartig! Verstehe!«, sagte ich, und dann nutzte ich

einfach die Gelegenheit, solange er noch stand und nicht erst wieder auf seinen riesigen Sessel geklettert war, und sagte irgendwas von den Verkehrsverhältnissen und der Zeit und daß ich dann ja auch bei Gelegenheit wieder losmüßte.

»Ah«, darauf der Ex-Jockey, »das Material! Also doch!«

»Genau. Wo haben Sie's denn? Ist es hier?«, frage ich, und er, schon ein wenig mißtrauisch geworden, wie mir schien, sagt nur, »Wo's steht? Meinst du, ich laß so a Kistn einfach in meim Wohnzimma rumsteh? Bist du crazy? In der Garage unten. Ich hab dir doch gesagt, daß du ein Auto brauchst! Das kannst nicht bis nach Gelsenkirchen schleppen, das Material!«

Die Garage war die dritte von fünf, auf dem weggebombten und anschließend begrünten Hinterhof. Im Inneren ein Stapel Winterreifen, Sättel und Zaumzeug und andere Reitersachen. Und dann eben die Kiste. Sie war einen guten Meter lang, achtzig Zentimeter breit und einen halben Meter hoch. Das Material. Mir wurde ganz anders. So eine Menge, damit könnte man die ganze Hasenheide für zwei Monate versorgen!

Der bayerische Jockey beugte sich über den Deckel, hob ihn an und begann, in schwärmerischem Tonfall zu erzählen, daß er mit diesem Material schon überall gearbeitet habe, es aber vor allem in Shanghai und auf der Arabischen Halbinsel Verwendung finde, in den Emiraten und in Dubai.

»Das Beste, was gibt, der Zeit weit voraus, kannst du praktisch nicht nachweisen…«

In der Kiste waren große silberne Dosen mit blauem

Deckel. Er nahm eine der Dosen heraus. Auf dem Silberkarton waren die Abbildung eines Pferdes und ansonsten zahllose, ich würde mal sagen, chinesische Schriftzeichen. Er öffnete den Deckel, darunter Alu, das er aufzog – darunter dann endlich weißes Pulver. Sah wie Milchpulver aus.

Er schnalzte genießerisch mit der Zunge, »da, schau es dir an«, fügte er hinzu und reichte mir die Dose, »der Gustav weiß dann schon, wie man des dosiert. Des haut euch nach vorn!«

Dann machten wir den Deckel auf die Dose, ich klemmte sie unter den Arm und teilte ihm mit, daß ich jetzt auf der Stelle den Wagen holen würde, um alles nach Gelsenkirchen zu transportieren. Der Kleine meinte, er würde so lange hier warten. Ich ging auf die Bleibtreustraße zurück, und keine zwanzig Minuten später rollten der Jaguar und ich Richtung Neukölln. Die Dose legte ich auf den Beifahrersitz. Ein bißchen bitter war, daß ich die Plastiktüte mit meinen alten Klamotten neben dem Glastisch oben in der getäfelten Bude hatte liegenlassen, aber na ja.

Es war kurz nach sechs, als der Jaguar mehr oder weniger da geparkt war, wo er vorher gestanden hatte. Nur auf der anderen Straßenseite und deswegen andersherum. Ich nahm mir noch einmal fünfzig Euro, die übrigen siebzig legte ich unter die Dose auf dem Beifahrersitz, und dann überließ ich den Wagen wieder sich selbst. Ein feines Fahrzeug, ehrlich. Dann war ich auf einen Sprung in der Hasenheide und holte mir bei einem der Dope-Neger, die gerade Schicht hatten, für die fünfzig Euro ein stattliches Päckchen. Er hatte eine todschicke gelbe Baseballkappe auf und erzählte, daß die Bulletten den ganzen Tag mit stechmückenartiger Beharrlichkeit die Unterbindung des Marktgeschehens betrieben hätten und er wirklich froh sei, mich noch – zu so später Stunde – getroffen zu haben. Wir trennten uns bester Laune, und ich war zufrieden, daß sich das verheißene Riesengeschäft in weißen Staub verwandelt hatte und ich dennoch endlich wieder auf so angenehme Weise an etwas zu rauchen gekommen war. Support your Lokaldealer, sag ich nur!

Es war auf jeden Fall schon dämmrig, als ich derart ausgerüstet auf dem Nachhauseweg am Feinkost Nahm vorbeikam, und ich weiß, daß Frau Nahm in der Regel fünf Minuten vor 18 Uhr vor dem halb heruntergelassenen Rollo auf der Straße steht und nach letzten, womöglich im Laufschritt heraneilenden Kunden Ausschau hält. Schlägt's von der Gethsemanekirche sechs, dann klickt sie das Vorhängeschloß an ihrem Rollo unten ein und steigt in den bereits laufenden dunkelblauen 190er, in dem Herr Nahm schon wie ein Chauffeur sitzt, in ihren Händen eine Kiste mit verdorbener oder abgelaufener Ware, aus der sie ein kostengünstiges und schmackhaftes Abendessen zubereiten wird.

Als ich jetzt aber bei Feinkost Nahm vorbeikomme, ist alles auf Festbeleuchtung. Im Inneren sehe ich Herrn Nahm, in seinem Pullunder und mit rotem Nacken, aber offensichtlich bester Laune, vor dem großen Kühlregal, mit einem schönen gelben Wischtuch in der Hand. Ich beuge mich näher an die blitzsaubere Scheibe – man kann noch den Spiritus aus dem Wischwasser auf dem Glas riechen –, und mein Blick sucht instinktiv nach den gelben Merkzettelchen von Frau Nahm, KRÄUTERQUARK und so weiter, aber, ehrlich, da ist nichts mehr, kein einziges gelbes Fähnchen, nicht eins.

Manchmal ist es einfach herrlich, den ersten Zug von der ersten Materialstudie noch bißchen rauszuzögern, aber diesmal ist es mir wirklich schwergefallen, ehrlich – aber meine Neugier war einfach zu groß… – nicht, daß ich es ihm wirklich zugetraut hätte, aber der Gedanke schoß mir durchaus durch den Kopf, daß der alte Nahm, geistig zwar leicht hinüber, aber immer noch gebaut wie ein Bulle, den besserwisserischen Quälgeist in Gestalt seiner Alten irgendwie… na ja, und jetzt war er gerade, nach der Tat, dabei, sozusagen die Spuren zu verwischen.

Ich also mit James-Bendo-Blick rein, die Klingel geht, der alte Nahm federt auf den Sohlen und dreht sich sofort um, legt das Wischzeug weg und begrüßt mich:

»Guten Abend, der Herr, was darf's sein.«

»Guten Tag und hallo, ich hätte gerne… Kräuterquark«, darauf er, ganz selbstverständlich, »Welche Sorte – wir führen…« – »Millsana«, sage ich, darauf Nahm, »sehr gern« und greift sich den Quark, fragt, ob es noch was sein dürfte, und da ich kopfschüttelnd und ehrlich ein bißchen durcheinander und direkt staunend verneine, trägt er den Kräuterquark pfeifend zur Kasse.

Ich bin erst panisch, weil ich ja meine Bundeswehrhose nicht anhabe und der Griff an die Seite, wo ich immer meine Kohle mit mir herumtrage, im Leeren der Stoffhose abgleitet, aber dann höre ich es in der Hosentasche klimpern, lege die Einsachtzig auf das HB-Männchen und sehe ihm ins Gesicht.

Erst fixiert er mich, dann strahlt er mich an und schüttelt den Kopf, wobei ich mir ehrlich gesagt fast sicher bin, daß er mich einerseits natürlich nicht wiedererkennt, andererseits jetzt komplett durch den Wind ist. Aber von wegen.

»Ne«, sagt er, »lassen Sie Ihr Geld stecken! Der Quark geht aufs Haus!«

Und dann erzählt mir der alte Nahm, daß er nach der peinlichen und demütigenden Szene heute mittag, an der meine Nachfrage und mein Verhalten einen wesentlichen Anteil gehabt hätten, sich durchgerungen und seiner Frau gegenüber endlich das Schweigen über seine massive Schwerhörigkeit gebrochen hätte. Dann sei er gleich noch zum Hörgeräte-Klaus an der Hermannstraße gelaufen und habe sich das beste zur Verfügung stehende Modell verkaufen lassen, schwedisch, der Verkäufer habe es »den Jaguar unter den Hörgeräten« genannt, und in der Tat, manchmal pfeife es noch ein wenig, er faßte sich ans linke Ohr, aber ansonsten sei es perfekt und das Leben wieder schön! Dafür wolle er mir ehrlich danken, und dann legte er noch einen Apfel auf den Quark. Einen Apfel! Wenn das nicht nett war.

Ich sagte tschüss und bis zum nächsten Mal, und nachdem ich oben in meiner Bude in der Weisestraße angekommen war, baute ich zunächst mal einen schönen Siebenblatt auf, dann höhlte und durchlöcherte ich den Apfel auf spezielle Weise – und dann rauchte ich den Siebenblätter durch den Apfel, eine Sache, die ich eigentlich seit der Lehrzeit nicht mehr gemacht habe und die mich begeisterte. Kühl und erfrischend! Verdammt gutes Material!

Tja, und dann bin ich eben heute abend mal nicht ins Nashville, weil ich einfach jeden Zusammenhang mit der ganzen Geschichte und so weiter vermeiden wollte, und was Neues ausprobieren kann ja auch nie schaden, weil hier in diesem Laden war ich noch nie. Todschick, was? Aber das stört mich gar nicht mal. Nein, ehrlich gesagt, eigentlich gefällt's mir super hier.

Die Kunst der Preisfindung

Es bewegt sich alles, Stillstand gibt es nicht. Laßt Euch nicht von überlebten Zeitbegriffen beherrschen. Fort mit den Stunden, Sekunden und Minuten. Hört auf, der Veränderlichkeit zu widerstreben. SEID IN DER ZEIT – SEID STATISCH – MIT DER BEWEGUNG. Für Statik, im jetzt stattfindenden JETZT. Widersteht den angstvollen Schwächeanfällen, Bewegtes anzuhalten, Augenblicke zu versteinern und Lebendiges zu töten. Gebt es auf, immer wieder »Werte« aufzustellen, die doch in sich zusammenfallen. Seid frei, lebt!

Hört auf, die Zeit zu »malen«. Laßt es sein, Kathedralen und Pyramiden zu bauen, die zerbröckeln wie Zuckerwerk. Atmet tief, lebt im Jetzt, lebt auf und in der Zeit. Für eine schöne und absolute Wirklichkeit!

Düsseldorf, im März 1959 Tinguely

Der 28. März 1959. Uwe Arnim erinnerte sich an diesen Tag, als ob es gestern gewesen wäre. Am frühen Nachmittag, gegen 13 Uhr, hatte er das Kontor von Diehlmeyer in Oberkassel verlassen, wo er im dritten Jahr Exportkaufmann lernte. Es war tagelang schlechtes Wetter gewesen, zwar schon recht warm, hatte aber immer wieder zwischendurch geregnet.

Aber schon als die Mittagssirenen von den Fabriken das baldige Ende der Arbeitswoche einbliesen, war es aufgeklart und mit einem Mal herrliches Wetter – und irgendwie lag alles Weitere schon in der Luft, ein Gefühl der Verheißung erfüllte ihn: Im Mai würde er einundzwanzig werden, endlich volljährig, und Uwe wußte zwar nicht, was genau es war, aber daß sich etwas vorbereitete, ihn zu treffen, das wußte er.

Er hatte sich den Schlips ein wenig aufgeknöpft, um sich Luft für das Radeln zu machen. Das Fahrrad mußte vor zwei zu Hause sein, sonst konnte sein kleiner Bruder nicht damit zum Fußballtraining ans andere Ende der Stadt, und dann gab es einen Haufen Ärger. Er nahm die Anfahrt zur Brücke, der einzigen in ganz Düsseldorf, die den Krieg überstanden hatte, und spreizte sich in die Pedale. Als er schon halb auf der Brücke war, hörte er das satte Brummen eines schweren Wagens und fuhr vom Mittelstreifen, auf dem er in Bögen und Schwüngen dahingestrampelt war, auf die rechte Seite hinüber. Der Mercedes überholte ihn mit einer fabelhaften Geschwindigkeit, am Steuer saß eine ältere, aber immer noch sehr attraktive Frau um die fünfunddreißig, mit Dauerwelle, äußerst schick. Er starrte sie an, und in dem Moment, als sie an ihm vorbeifuhr, warf sie ihm einen kurzen Blick zu und – lächelte ihn an. Fantastisch.

Sie war noch auf gleicher Höhe, als mit einem Mal das Flugzeug über der Brücke erschien – viel zu tief fliegend, zumindest für den Geschmack der Frau im Mercedes, die einen panischen Gesichtsausdruck bekam. Sie stieg aufs Gas und zog an Uwe vorbei, als ein Arm aus der offenen Pilotenkabine des Flugzeugs herausfuhr und erstaunlich geschickt ein dickes weißes Paket abwarf.

Der Mercedes kam leicht ins Schlingern und schoß mit Vollgas davon. Dann aber, nur einen Sekundenbruchteil später, zerstob das Paket im strahlenden Sonnenlicht zu tausend einzelnen Blättern. Jedes Blatt für sich schien auf einmal zu eigenem Leben erwacht zu sein und sich – dem Spiel des Windes und der Schwerkraft überlassen – auf einzigartige Weise auf seinen Weg nach unten zu machen.

Plötzlich – das einmotorige Flugzeug war längst mit einigen gehörigen Hopsern über ihn hinweggebraust – erfaßte ein Windstoß die Blätter und ordnete sie in einer überwältigend frischen Bewegung voller Kraft zu einem vielblättrigen Wirbel, der einer auf halber Höhe über die Brücke heranbrausenden Meereswelle glich, wobei die Flugblätter der krönende Schaum waren. Aber schon im nächsten Augenblick – an den sich Uwe von da an erinnern sollte – verwandelte sich die Meereswelle zu einem himmlischen Drachen, in die Luft geschrieben von Tausenden einzelner weißer Seiten.

Uwe Arnim war bis dahin von der Vorstellung entzückt worden, der Mensch im Flugzeug habe sich auf diese faszinierende Weise eines jener staubigen Aktenberge entledigen wollen, wie sie auch bei Diehlmeyer überreichlich vorhanden waren. Nun aber begeisterte ihn mit einem Male die aus dem Vorgang selbst emporgestiegene Epiphanie des quirligen, um sich selbst jagenden Drachens. Das Flugzeug, die Dame im Wagen, das Kontor, in dem er das grundsolide Geschäft eines Stahlgroßhändlers lernte, waren für kurze Zeit vergessen: Es gab da nur noch den Flugsaurier aus tausend einzelnen, weiß in der Sonne über dem Rhein blitzenden Seiten und seinen Beobachter, und zwischen beiden war keine Grenze, sondern ein Übergang. Ein Strahl äußerst erfrischender Energie schoß sein Rückgrat hinunter.

Er radelte atemlos zur Mitte der Brücke, wo die ersten Seiten bereits auf den nagelneuen Asphalt flatterten. Das Rad an das Brückengeländer gelehnt, stand er auf der Fahrbahn, sah einem geradewegs auf ihn zustrudelnden Blatt entgegen, erwischte es, und während es um ihn herum weiter Flugblätter schneite, las er den Text des Flugblatts. »Für Statik…«

Er verstand kein Wort, fühlte sich aber dem Autor, diesem Tingelings oder wie er hieß, auf eine fast bedrückende Weise nahe. Sein Herz schlug rasend. Er drehte sich um. Das Flugzeug hatte mittlerweile über Oberkassel gedreht und flog in einem leicht wackelnden, unsauberen Bogen wieder über die Düsseldorfer Altstadt. Uwe glaubte, die in unregelmäßigen Abständen herabgeworfenen Flugblätterpakete in der Sonne blitzen zu sehen, stellte sich vor, wie jenes Schreiben hundertfach in den Hof von Diehlmeyer geregnet war, in die Hände des Kontorleiters fiel, des unsympathischsten Menschen, den Uwe kannte, und wie der sich fürchterlich darüber aufregte, über diesen merkwürdigen… hochgestochen konfusen… über diesen verdammten Text eben, den man nicht verstand und der einem trotzdem nicht mehr aus dem Kopf ging – Uwe las ihn gleich noch einmal, fand das Ganze noch unerhörter und spannender, dann verstaute er ihn sorgfältig in seiner schmalen Tasche.

Während er stehend heimradelte, vergegenwärtigte er sich immer wieder den spektakulären Vorfall mit dem Tiefflieger und dachte über den seltsamen Text nach, doch blieb dieser auf eine faszinierende Weise unzugänglich wie die Textur eines opaken Edelsteins, der einem nicht mehr aus dem Sinn geht. Es fühlte sich an, als wäre eine geheime Botschaft in ihm versteckt.

Mitten in der Nacht stand er auf, nahm seine Tasche und schlich sich in Unterwäsche aus dem Zimmer. Sein Bruder schlief wie immer nach seinem Fußballtraining röchelnd und unruhig, aber sehr tief, und bekam nichts mit. Auf Zehenspitzen tapste er über den schmalen Flur, vorbei am Schlafzimmer seiner Eltern, wo er das vertraute doppelte

Schnarchen wahrnahm. Hinten, in der Kammer seiner Großmutter, war noch ein Schimmer von der Stricklampe zu sehen, aber vermutlich war sie längst über den Nadeln eingeschlafen. Sein Vater beschwerte sich oft darüber, daß die Schwiegermutter Licht verschwendete.

Uwe setzte sich in die winzige Küche, in der die Küchentücher gesättigt von den Gerüchen zahlreicher Mahlzeiten am Herd trockneten. Das Fenster war gekippt, und von draußen hörte er das ferne Stakkato eines langen Güterzuges. Natürlich war keine Milch mehr da, hatte sein Bruder vorhin alles vernichtet.

Er holte das Flugblatt aus der Tasche und begann, den Text auf feinliniertes Buchhalterpapier aus der Berufsschule abzuschreiben. Er versuchte, besser zu verstehen, indem er ihn in mögliche Teile und Absätze zerlegte, dann – unfähig, dem Ganzen auf diese Weise näherzukommen – beschloß er, da er sich immer noch eindeutig inspiriert fühlte, die Szene des Abwurfs über der Brücke zu zeichnen, denn zeichnen konnte er eigentlich ganz gut.

Nachdem er Brücke und Flugzeug einigermaßen hingebracht hatte, versuchte er, den Windstoß, der in die Flugblätter gefahren war, mit ein paar Bleistiftstrichelchen anzudeuten, aber dazu reichte sein Können schon nicht mehr aus. Anstatt zu zeichnen, was er erlebt hatte, produzierte er eine absurde und lächerliche Parodie, die aussah wie von einem Grundschüler angefertigt. Als er mit hilfloser Enttäuschung nach dem Radiergummi suchte, um das Mißratene auszulöschen, fiel sein Blick erneut auf das Flugblatt. »Für Statik«.

Er legte den Radiergummi wieder weg und las sich den

Text noch einmal Wort für Wort durch, so als wäre es das erste Mal. Er vergegenwärtigte sich den spektakulären Auftritt des schwankenden Fliegers über der Brücke und genoß noch einmal jenes kribbelnde Gefühl der Frische, das ihn beim Anblick des aus dem Windstoß geborenen Drachens überkommen hatte.

»Hört auf, die Zeit zu ›malen‹«, las er noch einmal, »atmet tief, lebt im Jetzt...« ... ein kurzes letztes widerstrebendes Zögern seines jugendlichen Geistes, und dann begriff er. Das Begreifen war fast so herrlich wie das Geschehen auf der Brücke: Da war nichts aufzuzeichnen. Er war in Berührung mit etwas Außerordentlichem gekommen – wie ein Blitzschlag. Das konnte man nicht festhalten. Darin bestand die Botschaft des Textes, und gleichzeitig waren der Weg und die Art seiner Verbreitung etwas ebenso Unfaßbar-Faszinierendes wie das, von dem geredet wurde. Botschaft und Medium steckten irgendwie zusammen – schwebend, außerhalb der Zeit. Erfrischend anders als alles, was er bis dato kannte. Das mußte Kunst sein. Da war nichts *zu verstehen*.

Anstatt zu radieren, zerknüllte er lachend seine Zeichnung, und er lachte auch noch, als sein Vater mürrisch den Kopf zur Tür hereinsteckte und fragte, ob er noch alle Tassen im Schrank hätte.

Es war wirklich lang her, aber er konnte sich daran erinnern, als ob es gestern gewesen wäre. Uwe spritzte sich noch einmal zwei Hände voll kaltes Wasser ins Gesicht, aber auch dadurch wurde sein Gesichtsausdruck kein bißchen frischer. Er massierte sich nachdenklich die Schläfen, dann drehte er den aus gedrechseltem Holz und Porzellan fein zusammengesetzten Wasserhahn zu und blickte auf seine Omega Cosmic – es war kurz vor zwei Uhr.

Gegen eins hatte die junge Frau wiederkommen wollen. Sie war eine zierliche, sehr hübsche Person, die in ihren späten Zwanzigern stehen mochte. Die feinen, vielleicht etwas zu dünnen blonden Haare hatte sie zu einem Knoten im Nacken gebunden. Über einer weißen Bluse und einer Jeans trug sie einen taillierten Trenchcoat, der ihre grazile Figur vorteilhaft betonte – ihre dunkelbraunen Stiefel nach der neuesten Mode gaben ihr etwas Kämpferisches. Vielleicht war sie doch schon über dreißig. Ihre große Handtasche war aus sattbraunem, samtig weichem Wildleder.

Sie wolle eine Skulptur verkaufen und habe im Internet herausgefunden, daß seine Galerie dafür in Frage kommen könnte. Es sei eine, nun ja, eine Art Rechenmaschine, und dann holte sie ihr aufklappbares Mobiltelefon heraus und zeigte ihm ein knappes Dutzend Aufnahmen. Auf den ersten Blick sah man eine Schreibmaschine, die irgendjemand aus seinem ursprünglichen Gehäuse herausgenommen und in eine Art von Aktenregistratur eingebaut hatte.

Es war auffällig, wie schnell sie aufs Geld zu sprechen gekommen war. Er hatte sich dazu aber nicht äußern wollen.

Ob er nicht ungefähr sagen könne, wieviel, es sei halt schon wichtig, damit sie sich irgendwie eine ungefähre Vorstellung machen könne.

Jetzt war er sich sicher, daß sie irgendwo aus dem Osten war, an der Art, wie sie, mittlerweile leicht nervös, das Wort »Vorstellung« ausgesprochen hatte. Sachsen vielleicht. Dazu paßte auch jener vordergründige, aggressive Gestus desjenigen, der unter die Halsabschneider gefallen war und Angst hatte, aus eigener Unkenntnis heraus, betrogen zu werden.

Er könne gar nichts sagen, gab er an. Um einen Preis bestimmen zu können, müsse er die Arbeit erst einmal sehen. Ob sie denn den Künstler kenne?

Sie schien förmlich zu erschrecken. Wie er das meine, kennen? Nun, ob sie zum Beispiel den Namen wüßte? Sie sagte recht abweisend, das müsse sie erst nachschauen, es gäbe da ein Begleitschreiben. Plötzlich, nachdem er die Sprache auf den Namen des Künstlers gebracht hatte, wurde es ihr offensichtlich eng und unbehaglich. Sie wolle gehen, um das Begleitschreiben zu holen, sagte sie, das habe sie im Auto, das stünde weit weg in einem Parkhaus.

Da sei auch die Maschine, fügte sie dann noch hinzu, im Kofferraum. Ob sie die auch gleich mitbringen solle? Uwe nickte nachdenklich. Dann war sie in ihrem Trenchcoat aus der Galerie gerauscht, leicht erhitzt, wie es schien. Hoffentlich kam sie wieder.

Während er sich sorgfältig die Hände abtrocknete, versuchte er – so wie er es immer tat, wenn er sich für etwas wirklich zu interessieren begann –, nicht an die junge Frau und das interessante Stück zu denken. Irgendetwas an den Konturen und der Machart des Teils hatte sein Jäger- und Sammlerbewußtsein aktiviert. Er mußte sich nur entschieden darauf konzentrieren, *nicht* darüber nachzudenken. Seine Augen ruhten auf dem Flugblatt. Mit dem Flugblatt hatte alles angefangen, und immer, wenn er etwas in seinen

Besitz bringen wollte, nutzte er den tausendfach gelesenen Text, um sich zu beruhigen und zu konzentrieren.

»Für Statik«

150.000 Stück dieses Manifests hatte der damals blutjunge Schweizer Künstler Tinguely, zukünftiger Ehemann der fantastischen Niki de Saint Phalle, an besagtem Märztag 1959 über Düsseldorf abgeworfen, aus jenem einmotorigen Flugzeug, das er – wiewohl ohne Pilotenschein – selbst steuerte.

Aufgrund des schönen Wetters konnte man davon ausgehen, daß vielleicht 120.000 Stück tatsächlich eine Chance hatten, physisch zu überleben. Die anderen 30.000 waren in den Rhein gefallen, auf Straßen oder Zuggleisen gelandet, bevor jemand eine Chance hatte, sie zu lesen. Zog man noch einmal 20.000 ab, die auf der Stelle von korrekt arbeitenden Hausmeistern und Straßenkehrern vernichtet wurden – blieben ungefähr 100.000 Stück, die heil auf dem Boden Düsseldorfs ankamen, die also hätten gefunden und gelesen werden können. Doch mit welcher Wirkung?

Der junge Uwe Arnim brauchte knappe zwei Wochen, dann hatte er den Verfasser des Textes ausfindig gemacht – ein Student der Düsseldorfer Akademie aus Basel, wie er der Sohn kleiner Leute, über zehn Jahre älter, der bewegliche Skulpturen, Maschinen und kinetische Plastiken anfertigte und ein wildes Leben führte. Uwe bat den Künstler, ihm das Flugblatt zu signieren, was der gerne tat und Uwe danach auf unkomplizierte Weise in seinen Kreis aufnahm, indem er ihn erstmal sein Atelier aufräumen ließ. Die meisten hielten

Uwe für einen verqueren Schüler des Schweizers, wenn er freitags, noch in seinem schlechtsitzenden Anzug und direkt aus Diehlmeyers Kontor, ankam, das Sakko und den Schlips ablegte und die Ärmel hochkrempelte, um auf der Stelle anzufangen, die Hinterlassenschaften von fünf Tagen Schweißarbeiten und maßloser Zecherei zu beseitigen, damit am Abend – wenn das nächste Fest anstand – alles einigermaßen begehbar war. Auf diesen regelmäßigen Festen war er eher Kellner als Gast.

Unter den Leuten, die er bediente, war immer auch die bezaubernde Saint Phalle, manchmal noch ein anderer Schweizer, ein gewisser Giacometti, und häufig auch ein merkwürdiger Professor von der Akademie, der nie seinen Hut absetzte, weil er im Krieg einen Flugzeugabsturz überlebt und eine große Eisenplatte in seinen Schädel einmontiert bekommen hatte. Eine Laune des Zufalls stellte Uwe jeden Freitag aus dem Kontor eines der ersten Waffengroßhändler der jungen Bundesrepublik hinein zwischen solch herausragende Künstler seiner Zeit.

Da der Augenblick am Küchentisch ihn zwei Dinge gelehrt hatte, nämlich einerseits, was für eine gewaltige Sache die Kunst war, und andererseits daß er, Uwe Arnim, alles war, nur kein Künstler; da also seine Initiation in die Kunst ihn begeisterte Demut gegenüber dem Artisten und andererseits Sehnsucht, ja fast die unstillbare Gier des Süchtigen nach seinem Stoff – dem Erleben des Echten – eingebracht hatte, lag ein klarer Weg vor ihm.

Bei Diehlmeyer ging ihm die Arbeit plötzlich so leicht von der Hand, daß die Firma sich bereit zeigte, ihn nach der Lehre mit einem guten Gehalt zu übernehmen. Er blieb bei seinen Eltern wohnen, morgens fuhr er Zeitungen aus, am Abend las er die Bücher, die ihm Tinguely »Aufs Nimmer-Haben-Wollen« lieh. Am Wochenende kam er keine Nacht vor vier nach Hause; Tinguely freute sich, daß sein Assistent und Laufbursche sich mit Kunst bezahlen ließ.

Seine erste Galerie eröffnete er 1963, noch in Düsseldorf, im Souterrain eines Altbaus, in dem vorher ein Metzger gewesen war.

Tinguely war nach Paris gezogen, und unter den zahlreich in Düsseldorf Verbliebenen trat man an Uwe heran, er müsse jetzt endlich selbst etwas machen: Man brauchte schließlich wieder einen Ort zum Feiern, und es sollte Uwe sein – wie bisher –, der anschließend aufräumte. Dafür überließen sie ihm gerne gute Stücke.

»Arnims Schlachterei«, wie die Galerie in Künstlerkreisen genannt wurde, lief vom ersten Tag an. In Deutschland boomte die Wirtschaft wie noch nie. Täglich kam mehr Geld ins Land, man konnte das mächtig ruhige Einströmen des Kapitals förmlich spüren. Das Interesse an zeitgenössischer Kunst insbesondere bei jungen rheinländischen Industriellen, die wie Pilze aus dem Boden schossen und anfingen zu sammeln, wuchs von Jahr zu Jahr. Auch die Amerikaner und die Japaner kauften viel.

Das Finden war Uwe dabei immer wichtiger gewesen als das Behalten. Je besser er verkaufte, desto mehr konnte er wieder *einkaufen*. Und nur darum ging es ihm – um den ersten Kontakt, den Augenblick der Frische, wenn er mit einem neuen Kunstwerk in Berührung kam. Frische. Zwar war nichts jemals mehr vom Frischegrad seines allerersten Fundes auf der Rheinbrücke – aber es erinnerte ihn zumindest daran.

Die persönlichen Beziehungen zu seinen Künstlern, aber auch zu seinen Kunden, waren kaum je über jene kumpelhafte Jovialität hinausgewachsen, die den Wirt einer Kölschkneipe mit seinen Gästen verbindet. Man versteht sich glänzend, spätestens aber, wenn es daran geht, den Deckel abzurechnen, sieht es wieder ganz anders aus. Und so, wie ein Wirt eigentlich nichts anderes als ein Zwischenhändler zwischen den Getränkeherstellern und den Getränkekonsumenten ist, der für ein wenig Atmosphäre zu sorgen hat, damit sich alle wohl fühlen, ist eben auch ein Galerist jemand, der allen zur Verfügung steht, die bereit sind, eine kleine Kommission zu entrichten. Er dient allen und deswegen niemandem.

Bekanntlich sind es immer die Dienstboten, die die ganze Wahrheit kennen. Während man schweigend nachschenkte, sah man sich alles in Ruhe an – und Uwe war dabei in vielen Jahren zu dem Schluß gekommen, daß die Gesellschaft, der er auf diese Weise zur Verfügung stand, sehr einfach gebaut war: In ihr wurden unaufhörlich Besitz und Geld verteilt, und zwar mit zunehmender Geschwindigkeit und in immer größeren Tranchen.

Was auf der einen Seite bei vielen einzelnen ein bißchen weniger wurde, häufte sich gewaltig bei einigen wenigen an. Je größer und komplexer aber die Einheiten von Besitz wurden, desto größer die Sorgen der Besitzer, diese Einheiten zu erhalten und zu sichern, zum Beispiel durch den Erwerb von

Kunst. Der Markt hatte für entsprechende Angebote zu sorgen. Deswegen würde es ihn immer geben. Es war nichts Persönliches. Es ging nur um die Gesetze des Geldes und den Wunsch seiner Besitzer nach Sicherheit. Gut für die Künstler.

Leute wie Uwe, die für den freien Fluß sorgten, wurden sehr gerne des Schmarotzertums bezichtigt – dabei waren sie es, die im richtigen Augenblick mit dem Ölkännchen gerannt kamen und alles wieder ins Laufen brachten.

Zwischenhändler waren schlecht angesehen, ganz gleich, ob sie Dealer oder Galeristen waren. Die einen handelten mit dem niedrigsten, die anderen mit dem höchsten Gut – gemocht wurden sie beide nicht. Man gönnte ihnen den Erfolg nicht. Zu spielend wirkte auf Außenstehende die Art, wie sie einfach ihren Anteil draufschlugen und das Begehrte weiterreichten.

So war Uwe, trotz der vielen Feste, die er gegeben, und der vielen guten Geschäfte, die er abgeschlossen hatte, eigentlich so geblieben wie in jenem Augenblick auf der Brücke. Glücklich im Finden, aber alleine in diesem Glück und durch die Umstände dazu gebracht, alles, was er fand, wieder zu verkaufen.

Alleine zu sein, das war der Fahrpreis für die letzten vierzig Jahre Aufstieg gewesen. Begründet auf einem auf der Straße gefundenen bedruckten Stück Papier. In den Siebzigern hatte er es aufs Zwanzigfache vergrößern und dann anschließend plakatieren lassen, aber nachdem er es auf diese Weise ein paar Jahre ausgestellt hatte, war es aus dem Blickfeld des Publikums immer weiter nach hinten gewandert. Mitterweile hing es in einem schlichten schwarzen Bakeliträhmchen auf seiner Privattoilette, seinem Meditationsraum.

Nachdem er die Waschung hinter sich gebracht hatte, überlegte er – da er sich eigentlich gerne in den engen, weißstrahlenden Räumlichkeiten seiner Toilette aufhielt –, ob er noch die in den letzten Jahren immer schneller nachwachsenden Nasenhaare beschneiden sollte – er hatte da ein vorzügliches, blitzscharfes, vorne abgerundetes Scherchen –, als ein feines Summen erklang.

Die Türglocke. Ah, also doch. Die junge Frau mit der Maschine. Er sammelte sich. Atmete tief ein. Dann verließ er den Raum. Ging ihr entgegen.

Die Maschine war in einem Koffer untergebracht, der vage an einen dickbauchigen, uralten Instrumentenkoffer erinnerte. Die junge Frau hatte ihn auf dem Boden abgestellt. Der Koffer war kleiner, als er gedacht hatte, er ärgerte sich darüber, daß er sich wieder einmal von der neueren Art des Bildermachens getäuscht sah, deren aufbauschende Wirkung alles – im Gegensatz zur herkömmlichen Fotografie – imposanter machte, als es war.

Die junge Frau wirkte ziemlich gestreßt und als sie begann, den Koffer zu öffnen, bemerkte er, daß ihr sein Schließmechanismus nicht vertraut war; überdies war er an einigen Stellen noch ziemlich staubig. Vielleicht ein Erbstück. Dann war es soweit, sie hob die Skulptur aus dem samtigen Inneren des Koffers und stellte sie auf den kleinen runden Holztisch in der Mitte des Raums. Luftiges, leichtmechanisches Ding.

Er konzentrierte sich, und dann begann er, um die Arbeit herumzuwandern, entfernte sich abschätzend wieder und legte schließlich, dicht herangetreten, einen sensiblen Zeigefinger auf eine der Ecken des Kastens und führte ihn zur Nase. Ein ganz zarter Hauch Maschinenöl. An der Ecke war ein Stück poliertes Metall eingesetzt worden. Die Naht war mit fein gesetzten Plomben geschlossen. Im Inneren des Kastens war die Tastatur einer alten Schreibmaschine eingebaut worden, so hoch, daß man bequem hätte tippen können. Allerdings hatte der Produzent des Werks die Buchstaben vertauscht. Feinsäuberlich, ohne einen Kratzer auf den überhaupt wie neu wirkenden Tasten zu hinterlassen, war keine einzige Letter dort, wo der Standard sie vorsah, den er selbst, die gelernte Kontorkraft, einst mühelos beherrscht hatte. Das war kurios. Der Rahmen der Maschine selbst, das konnte man mit Blick auf die Vorderseite erkennen, stammte tatsächlich von einem alten Hängeregister. Jetzt verstand er auch den Sinn der eingesetzten metallenen Rückwand – sie war über ein Scharnier mit einem Hebel rechts an der Seite verbunden: offensichtlich eine Klappe. Signatur war keine zu entdecken. Er trat wieder einen Schritt zurück.

Das Ding faszinierte ihn, aber vielleicht war das nur Sentiment – es hätte direkt aus den Fünfzigern oder Sechzigern sein können, tauchte wie durch eine Zeitmaschine aus einem staubigen Kontor dieser Zeit ins Jetzt ein und in die Arme dieser schönen, aber offensichtlich an anderen Dingen interessierten Frau. Hm.

Er gab einen ablassenden Schnaufer von sich, so als habe er von der Skulptur gekostet und müsse den schweren Bissen nun erst einmal verdauen.

»Tja«, sagte er, mehr zu sich als zu der ihn nervös beobachtenden Frau, »ist das Kunst?«

»Also, ich finde, es ist großartig.« Sie klang so überzeugt wie die jungen Leute, die in den Fußgängerzonen standen, um im Auftrag irgendwelcher Organisationen Spenden einzutreiben.

»Wo haben Sie die Arbeit denn her?«, fragte Uwe.

Sie zeigte wieder ihren hilflosen, leicht panischen Gesichtsausdruck. Anstatt zu antworten, reichte sie ihm einen großformatigen Umschlag, in dem sich ein handgezeichneter Bauplan, eine Art Betriebsanleitung, und ein Zertifikat befanden.

Auf dem Zertifikat, das Uwe stirnrunzelnd auffaltete, wurde bescheinigt, daß dieses Stück den Titel »Preisfindungsmaschine« trage. Gezeichnet war das Ganze in München, Dezember 1989. Produktion: Fabian Eckenfelder.

Eckenfelder. Es machte tingueling! Ein leichtes Kräuseln seiner Nackenhaare. Uwe wurde ganz ruhig, dann blickte er die junge Frau an.

»Um ehrlich zu sein, der Name des Künstlers sagt mir nichts. Ich finde das Stück interessant, kurios auch, irgendwie, aber ...« – er brach leichthin ab.

Die Frau seufzte, dann holte sie eine Zeitschrift aus ihrer Handtasche, es war eine alte Ausgabe von »Der Kunstmakler«, ziemlich mitgenommen, da sie sie offensichtlich schon einige Zeit in ihrer Handtasche mit sich herumgeschleppt hatte. Aha. Jetzt war er aber gespannt – aber eigentlich nur für eine Sekunde, weil ihm, während sie den betreffenden Artikel aufschlug, einfiel, woher er den Namen kannte – Eckenfelder war ein letztes Jahr schlagartig berühmt gewordener junger Berliner Künstler. Er hatte den Artikel auch gelesen. War letztes Jahr sogar auf der Armory gewesen.

Eine spezielle Stelle in seinem Rückgrat begann zu glühen – das kleine Maschinchen war also tatsächlich etwas Besonderes. Während seine Augen noch einmal still die skurrile Tastatur betrachteten, legte er sich mental das zurecht, was er »die erhabene Abwehr« nannte.

Er bereitete sich innerlich auf die Übernahme des Besitzes vor, zeigte nach außen hin aber nicht mehr das geringste Interesse: Ein kontrollierter Blutzufluß in seine Gesichtsmuskulatur ließ ihn weich und entspannt lächeln, er zeigte das Gesicht eines birmesischen Buddhas. Je mehr er etwas haben wollte, desto sanfter und abgehobener versuchte er dreinzublicken. Darin bestand der Reiz der Übung, der schließlich – wenn alles gutging – die Erinnerung an das einstmalige frische Gefühl auf der Brücke hervorrief, nach der er sich sehnte.

An eine Arbeit dieses Wunderknaben zu kommen, würde ihn endlich wieder ins Geschäft bringen. Zugleich wollte er das Ding, das offensichtlich nur auf ihn, Uwe Arnim, gewartet hatte, genau studieren, bevor er es wieder verkaufte. Er wollte es. Er wurde äußerlich noch gleichgültiger. Unbewegt erwartete er ihre Eröffnung.

»Hier steht«, sagte sie, »daß Fabian… daß der Künstler sogar in Amerika gesammelt wird. Und hier stehen auch Preise.« Sie wies auf eine tabellarische Auflistung der fünf bestbezahlten Arbeiten des Künstlers. Das lag alles im satten Fünfstelligen. Uwe wurde so kühl wie ein Eisklotz. Sie biß auf ihren Lippen herum. Er entschied sich für eine Standard-Abwehr, die bei Laien – und darum handelte es sich bei der jungen Frau natürlich – stets gute Ergebnisse zeitigte. Eine Erbschaft war eigentlich auszuschließen. Aus der spontanen Benutzung des Vornamens des Künstlers vermutete Uwe allerdings den Schluß ziehen zu können, daß es private Verbindungen gab. Wahrscheinlich war sie eine Ex-Geliebte. Kam öfters vor. Eckenfelder.

»Nun, Sie müssen verstehen«, sagte er wissend, »in jeder Sammlung und jedem Museum gibt es die mörderischen Stücke, die alle anderen Stücke umbringen. Eckenfelder baut nur solche Dinger, echte Killermaschinen. Ich weiß nicht, wie ich es sagen soll, aber sie nehmen einfach irrsinnig viel Raum ein. Deswegen ist es unwahrscheinlich, daß die Sammler, die in Frage kommen, mehr als einen Eckenfelder erwerben. Man bräuchte aber für Ausstellungen mindestens drei. Sie verstehen? Aber dazu ist er natürlich zu wenig durchgesetzt.«

»Aber er hat doch den Auftrag von dem großen Museum in Berlin?«, sagte die junge Frau und sah ihn mit scharfgeschlitzten Augen an. Uwe erschrak und legte sein sanftestes, entspanntestes Lächeln auf. Sie wußte etwas, was ihm vollkommen entgangen war. Macht nichts.

»Aufträge kommen und gehen…«, sagte er mit nachdenklicher Stimme, »manche werden erfüllt, andere werden nie fertig – de facto ist von Eckenfelder seit…«, wie lange war es her?, »seit viel zu langer Zeit keine neue Arbeit fertig geworden. Es wird schwierig, da was ganz Altes, noch aus den Achtzigern, unterzubringen. Zumal der Markt am Boden liegt… das muß ich Ihnen ja nicht sagen.«

»Wieso – man liest doch überall, daß er boomt?«

»Malerei – vielleicht. Skulptur ist was ganz anderes.«

»Aber Sie haben doch den Artikel hier gesehen? Da steht doch genau das Gegenteil.« Sie warf ihm einen aggressiven Blick zu.

Sie hatten Argumente ausgetauscht und ihre verschiedenen Positionen dargelegt, und es war deutlich, daß die junge Frau – wiewohl mit den Umständen des Kunsthandels unvertraut und Uwe schon von daher weit unterlegen – recht intelligent war und sich tapfer schlug. Uwe wußte, wo ihre Schwachstelle zu finden sein würde.

»Außerdem, muß ich Ihnen sagen…«, er setzte den nüchtern-besorgten Blick auf, der ihm jetzt angebracht schien, »außerdem ist ein entscheidender Punkt natürlich auch immer eine Frage der Herkunft einer Arbeit – vielleicht könnte unsere Galerie einen Käufer finden, Eckenfelder ist zweifellos ein wichtiger junger Künstler, auch wenn es nicht einfach wird, aber gut – das ist unsere Arbeit. Aber dazu muß ich wissen, wie Sie an die Arbeit gelangt sind.«

Sie warf ihm einen entsetzten Blick zu.

Er lächelte, und dann bat er sie, es sich auf dem mit weißem Leder überzogenen Corbusier-Sessel bequem zu machen. Er nahm sich einen kleinen Hocker und setzte sich ihr gegenüber.

*

Grit war wirklich froh, daß sie noch immer rauchte, denn jetzt war der richtige Zeitpunkt für eine Zigarette. Sie schlug die Beine übereinander, holte eine Schachtel Zigaretten aus der Tasche, die sie beim Tanken auf der Autobahn gekauft hatte. Der Galerist, ein schlanker, ja fast schon magerer alter Mann, sprang lächelnd auf und holte ihr in Windeseile einen Aschenbecher. Sie steckte sich eine an.

Fabian Eckenfelder war der inzwischen langjährige Freund ihrer Schwester Andrea. Nachdem sie ihn kennengelernt hatte, hatte sie ihm immer wieder irgendwelche sogenannten Skulpturen abgekauft, um ihn zu unterstützen, denn er hauste als mehr oder weniger hungerleidender Künstler irgendwo in Berlin.

An ihrem Geburtstag war Andrea auf jeden Fall mit der komischen Schreibmaschine aufgekreuzt, samt wichtigtuerischem Zertifikat und ganz stolz auf ihre Erwerbung, und schenkte sie ihr. Grit fand das Ding vom ersten Augenblick an scheußlich. Als sie Andreas Freund dann das erste Mal persönlich getroffen hatte, war das Ding im Keller verschwunden – Fabian war in Grits Augen ein Sonderling mit abgetragenem schwarzem Cordanzug und Dauerdepression, der alle in ihrer Familie mit seinen Launen nervte.

Eigentlich dachte sie das immer noch, und der Kontakt zwischen Grit und ihrer Schwester war dieser Tage denkbar gering. Allerdings hatte ihr der völlig unerklärliche Erfolg ihres »Schwagers« – zum Glück waren die beiden nicht verheiratet – zu denken gegeben.

Jahrelang stand die Skulptur unten im Keller bei ihrer Mutter, aber dann hatte ihr Mann von einem Arbeitskollegen aus

Gleiz dieses Kunst-Magazin mitgebracht bekommen, und da hatten sie beide gestaunt. Die teuerste Skulptur – die nach Amerika gegangen war – hatte angeblich über 50.000 Dollar gebracht. Dafür bekam man in Magdeburg schon fast ein altes Haus in der Innenstadt!

Da ihr Mann und Grit beschlossen hatten, die Skulptur erstmal zu verkaufen, ohne Andrea das mitzuteilen (schließlich konnte man immer noch sagen, daß sie beim Umzug in die Hegelstraße kaputtgegangen war...), war klar, daß sie die offizielle Galerie Fabians in Köln meiden mußten, und eigentlich auch Köln selbst. Sie telefonierten ein wenig herum – aber bald wurde klar, daß ihnen keine der guten, in den Kunstmagazinen genannten Galerien das Ding ohne Herkunftsnachweis abnehmen würde. Sie recherchierten im Netz nach Alternativen, fanden durch Zufall die »Galerie Arnim« in Düsseldorf, von der es hieß, daß sie wohl schon bessere Zeiten gesehen hätte, früher einmal aber spezialisiert auf Mechanische Plastiken gewesen sei. Da würden sie es probieren.

Der Galerist saß ihr ruhig gegenüber. Erinnerte eher an einen Buchhalter oder so und spielte sein Spielchen mit ihr – ganz offensichtlich wollte er es ihr leichtmachen.

»Fabian ist ein Exfreund von mir«, sagte sie dann und verzog keine Miene bei der Lüge, »ich bin ohne eigenes Verschulden, indem ich jemandem, der mich betrogen hat, Geld geliehen habe, in Schwierigkeiten geraten. Ich brauche Geld. Ich will aber nicht, daß Fabian von der Sache erfährt...«, sie hob leicht ihre rechte Hand mit der Zigarette und wies auf ihren Ehering, »mein Mann braucht auch nichts davon zu wissen …« Dann blickte sie ängstlich zu Boden, und schließlich warf sie ihm einen scheuen Blick zu.

Der Galerist sah seine allererste Vermutung bestätigt, nickte begütigend und schlug ihr einen deutlich vierstelligen Betrag vor, der sich nach einigem Feilschen und Ringen in einen kleinen fünfstelligen verwandelt hatte. Sie war sichtlich enttäuscht, entschuldigte sich dann, sie müsse ihren Mann anrufen, damit der keinen Verdacht schöpfe. Sie ging nach draußen und telefonierte vor der Galerie auf und ab gehend, den Blick auf den Boden geheftet und ununterbrochen redend.

War wirklich eine attraktive Frau. Während sie noch sprach, stellte er einen Scheck aus. Als sie zurückkam, lag er glatt und fein auf dem Glastisch. Ein Vertragsentwurf kam gerade aus dem Drucker. Sie unterschrieb ihn, bedankte sich schüchtern, nahm nachdenklich den Scheck entgegen, und dann brachte er sie zur Tür, sah zu, wie sie die Straße überquerte, in einen alten blauen Golf stieg, der weiter unten im Halteverbot stand, und davonfuhr.

Er sperrte ab und brachte das »Geschlossen«-Schild an der Glastür an. Dann trug er das Stück nach hinten, auf den großen weißen Arbeitstisch. Er las sich die Anleitung durch, der er einigermaßen überrascht entnahm, daß man mit diesem Ding tatsächlich schreiben konnte.

»Um den Wert eines beliebigen Gegenstandes (Maschinen oder Personen) zu ermitteln, spanne man ein Blatt Papier in die hintere Klappe, betätige die Walze und tippe den Namen des Gegenstandes über die Tastatur ein.«

Offensichtlich – das entnahm er dem Bauplan – hatte der Künstler eine Maschine aus mehreren zusammengebaut, und die Tastatur betätigte zunächst noch ein Walzenwerk, das für die Verschlüsselung zuständig war. Hm.

Er überlegte, welchen Namen er eintippen sollte. Erst dachte er daran, von ihm geschätzte, dann weniger geschätzte Künstler auszuprobieren, aber etwas hielt ihn ab. Er dachte an Leute, die er nicht mochte, und solche, die er mochte, aber keinen der Namen wollte er eintippen.

Nur ein einziger fiel ihm ein. Sein eigener. Er suchte nach den verstreut liegenden Lettern für U W E A R N I M und tippte seinen Namen.

Irgendwo im Inneren der Maschine ratterte es, für jeden Buchstaben schien es zweimal zu knarren, Walzen verschoben sich, und irgendetwas klirrte und klimperte dazu, fast wie ein von ferne bimmelndes Glöcklein. Nachdem die Maschine wieder stillstand, drehte er die Walze zurück und sah sich das Blatt an. Wert: 0000000,0

Daß es so wenig sein würde, hätte nicht einmal er selbst gedacht.

Die Falte

Doch, doch«, rief Clarisse aus Mrs. Itagakis Keller, »wir kommen gleich! Geht doch schon mal vor.«

Piper war sowieso schon draußen und pinkelte an Mrs. Itagakis Rosensträucher, was sie ihm strengstens verboten hatte, weil es nicht gut für das Wachstum war.

Ich nahm meine Badesachen unter den rechten Arm, ging die paar Schritte zum Eingang hinunter und öffnete, zu Pipers Begeisterung, das Gartentor. Es quietschte ziemlich, jedesmal wenn ich es öffnete, hatte ich das Gefühl, es würde im nächsten Augenblick aus den Angeln fallen.

»Warte doch«, rief ich Piper hinterher, aber der war schon längst kläffend den Hügel hinuntergespritzt, um in dem kleinen Wäldchen aus Rhododendren, Ahorn und Birnbäumen, das sich entlang des Flüßchens bis zum Dorf zog, nach Spuren von Hasen und Mardern zu suchen.

Unten blieb ich kurz stehen, hörte Piper aber nicht wie sonst schnaubend und kläffend durch das Unterholz rasen. Ich rief ein paar Mal nach ihm, aber er meldete sich nicht. Offensichtlich war er nach links Richtung Dorf verschwunden, denn auf der weit hingestreckten Weide, die jenseits der kleinen Brücke lag, hätte ich ihn eigentlich sehen müssen.

Dann hörte ich ihn, so wie ich vermutet hatte, weiter unten, er bellte wie verrückt. Ich ärgerte mich und überlegte, ob ich nicht einfach trotzdem schon zum Teich weitergehen sollte, aber dieses Jahr war ich noch nicht so oft schwimmen gewesen, und ganz alleine wollte ich nicht. Auf den letzten Planken des Stegs gab es Moos oder Algen oder was immer es war, jedenfalls konnte ich das Zeug nicht leiden.

Also schlug auch ich den Weg nach Bedlington ein. Nach der ersten Biegung sah ich aber schon, wie mir von ziemlich weit unten Piper in Begleitung von Mr. Terstone entgegenkam. Piper bellte immer noch wie verrückt und Mr. Terstone wedelte mit dem linken Arm, so daß er Piper wie an einem Seil hoch- und runterzuziehen schien.

»Hallo, Mr. Terstone«, rief ich.

»Oh, wen haben wir denn da?«, gab er zurück, während er seine Tricks für Piper unterbrach, um mir die Hand zu schütteln.

»Du bist Moby, richtig?«

»Yes, Sir«, sagte ich und nickte. Ich wunderte mich, warum Mr. Terstone so tat, als würden wir uns nicht kennen. Schließlich hatte er mich letzten Sommer mindestens zweimal gesehen. Er war riesig groß, noch größer als mein Onkel Toby, und seine Nase erinnerte mich an etwas aus dem großen Mixed-Pickles-Glas, das meine Tante immer zum Abendbrot auf den Tisch stellte.

»Ist deine Cousine noch bei ihrer Lehrerin?«

»Ja«, sagte ich zögernd, überrascht, jene fürchterliche Langeweile verströmende Bezeichnung auf Mrs. Itagaki angewandt zu sehen.

»Bringen Sie wieder Zeitungen?«

»Yes, I do!«, sagte Mr. Terstone lachend und klopfte auf seine braune Tasche, die prall gefüllt war. Piper wollte, daß er wieder anfing, mit ihm zu spielen, aber Mr. Terstone machte Anstalten weiterzugehen. Mit einer Handbewegung brachte er Piper zum Schweigen, etwas, was mir noch nie gelungen war.

»Kommst du mit hoch zum Haus?«, fragte er mich, als wir die Gabelung erreicht hatten. Ich sah, wie die Mücken unter einer der Trauerweiden tanzten. Die Sonne stand schon sehr tief und vergoldete die Ziegel des kleinen Brückenbogens. Bald würde es zu spät sein, um baden zu gehen.

Ich wußte allerdings, daß Piper mir unter keinen Umständen zum Teich folgen würde, jetzt wo Mr. Terstone aufgetaucht war. Etwas in mir protestierte fortlaufend und auf stumme Weise gegen das Unrecht, daß meine glühende Liebe zu Mrs. Itagakis Hund von diesem nicht wirklich erwidert wurde. Schon wochenlang vorher hatte ich meiner Mutter erzählt, was ich Piper während dieses Sommers alles beibringen würde. Ich sah mich, was das betraf, schmählich enttäuscht.

Also sagte ich, daß ich mitkäme, und Mr. Terstone schnalzte zufrieden mit der Zunge. Er war nett.

Als wir oben ankamen, bemerkte ich, daß die Haustür zugefallen war, denn ich war mir ganz sicher, daß ich sie offengelassen hatte. Mr. Terstone machte das Gartentor auf, Piper raste an die Haustür und wieder zurück. Zu meiner Überraschung holte Mr. Terstone wie selbstverständlich einen Schlüsselbund aus seiner Hosentasche und sperrte auf.

»Agnes?«, rief Mr. Terstone in den Hausflur.

»Clarisse?« Ich tat es ihm gleich und schrie mit voller Stimme. Die Kellertür stand offen, und es brannte Licht, dennoch aber erhielten wir keine Antwort.

»Ich werde nachsehen«, sagte Mr. Terstone und verschwand mit seiner Aktentasche im Keller. Der Keller war der einzige Ort, an den sich Piper niemals traute. Ich war auch noch nie im Keller gewesen.

»Komm mit«, sagte ich zu ihm, als ich meinen linken Fuß vorsichtig auf die erste, gemauerte Stufe stellte. Piper kam näher, hielt den Kopf schief, er schnupperte, und dann gab er ein jämmerliches Winseln von sich.

Im Keller hörte ich Mr. Terstone laut rufen. Noch bevor ich weiter nach unten gelangen konnte, stand er schon vor mir. Er war bleich, sprach aber ganz ruhig mit mir.

»Mrs. Itagaki ist ohnmächtig geworden, das passiert ihr manchmal. Sie braucht nur ein wenig Medizin, und dann geht es ihr sofort besser. Dummerweise ist sie ihr offensichtlich ausgegangen …«, dabei kratzte er sich kurz an seiner Nase, verglichen mit der sein Zeigefinger winzig aussah.

»Kannst du hier bleiben und im Wohnzimmer warten, während ich den Wagen nehme, ins Dorf runterfahre und zusehe, daß mir Doc Cramer noch eine Ampulle anmischt?«

Als er bemerkte, wie entgeistert ich war, fügte er hinzu:

»Keine Sorge, Mrs. Itagaki liegt unten auf ihrem Kanapee, sieh selbst, sie schläft nur.«

Er hob mich auf wie ein Blatt und schob mich unerwartet entschieden an sich vorbei, bis ich einen freien Blick in den Keller hatte. Mein Herz klopfte bis zum Hals.

Ich war überrascht, wie freundlich der Keller aussah. Überall waren Lampen, es gab einen kleinen Ofen, auf dem ein brodelndes Töpfchen stand und köchelte. Die feuchte Wärme im Raum war deutlich zu spüren, als ich ein paar Stufen nach unten ging. In der Mitte stand ein großer Tisch aus weißem Holz, und daneben lag Mrs. Itagaki auf einem Sofa und schien ganz friedlich zu schlafen. Sah wirklich nicht schlimm aus oder so.

Auf dem Tisch lagen große Seiten Papier.

»Sind das die Zeitungen?«, fragte ich Mr. Terstone.

»Genau«, sagte er nach kurzem Überlegen. Mir fiel auf, daß seine Aktentasche unten neben der Couch stand.

»Auf dem Tisch verklebt Mrs. Itagaki die Zeitungsseiten mit Leim und hängt sie später dahinten zum Trocknen auf.«

Ich sah ihm an, daß er gerne noch weitererzählt hätte, aber dann verstummte er, fixierte mich noch mal kurz, drehte sich auf dem Absatz um und nahm den Autoschlüssel von einem Haken, der hinter ihm an der Wand angebracht war.

»Laß die Kellertür bitte offen, damit es ein wenig auslüftet«, rief er noch, »setz dich ins Wohnzimmer oder hol dir was aus der Küche ...« Dann hörte ich den Wagen hinten aus der durch den Keller zu erreichenden, weit entfernt liegenden Garage rollen.

Ich wußte, daß in Mrs. Itagakis Küche nichts außer einer bestimmten Sorte von Keksen zu holen war, die in einer großen roten Dose auf einem der Hängeschränke standen. Ich schnappte mir den Küchenhocker, hievte mich auf die Arbeitsfläche und holte zwei Kekse aus der Dose.

»Piper«, rief ich, »wo bist du?« Normalerweise machte er immer ein Riesentheater, wenn jemand in der Küche war, weil er wollte, daß man ihm etwas abgab.

Ich suchte ihn im Wohnzimmer, in dem nichts stand außer dem großen Tisch, an dem Mrs. Itagaki und Clarisse immer saßen und übten. Als mich Clarisse das erste Mal mitgenommen hatte, setzte ich mich dazu und Mrs. Itagaki gab mir eine Seite, auf der eckige Felder aufgemalt waren. Sie zeigte mir, wie ich entlang der Linien falten sollte, aber dann beschäftigte sie sich wieder mit Clarisse und lobte sie mit ihrer spitzen, mäuschenartigen Stimme.

Meistens spielte ich während der Übungsstunden in der Diele mit Piper und wartete darauf, daß wir endlich baden gehen würden. Das leise Flüstern, Knistern und Kichern der beiden, das aus der riesigen Wohnzimmertür herüberdrang, hatte etwas von Kaminfeuer und Weihnachtsgeheimnissen. Jetzt hörte man nur die Bäume draußen im Wind und ein paar Vögel. Sonst war es ganz still.

Mir fiel ein, daß Mrs. Itagaki unten lag und schlief, aber dennoch hatte ich nicht das Gefühl, daß sie hier war. Selbst Piper war nirgendwo zu sehen.

Plötzlich hörte ich ein Geräusch aus einer ungewohnten Richtung, es knarrte über mir. Tatsächlich sah ich jetzt, daß hinter der Tür zu den Schlafzimmern eine steile Wendeltreppe nach oben führte, die mir noch niemals aufgefallen war. Das Dach!

Ich stellte mir vor, daß Piper in seiner Aufregung nach oben gelaufen war und irgendwie Hilfe bräuchte. Ich wollte noch einmal nach ihm rufen, brachte aber fast keinen Ton heraus. In der Stille des Hauses klang meine Stimme seltsam laut.

Auf der Treppe lag ein dunkelroter Teppich, unter dem die Holzstufen leise knarrten. Oben war ein schmaler Flur, auch er mit rotem Teppich, der zu einer einzigen Tür an seinem Ende führte. Fast hätte ich mir gewünscht, sie verschlossen vorzufinden.

Der Raum war dunkel, aber nach einem kurzen Augenblick gewöhnten sich meine Augen daran. Bei dem diffusen Licht, das vom Flur in das Zimmer hineinfiel, sah ich sie vor mir auf dem nackten Holzboden. Sie war nicht viel größer als ich selbst. Ich ging nahe an sie heran und berührte sie vorsichtig mit einem Finger – das Material fühlte sich warm und leicht spröde an. Es war ganz anders als das Papier, das mir Mrs. Itagaki damals gegeben hatte. Ich legte beide Hände vorsichtig auf ihre Außenhaut und streichelte sie. Dabei bemerkte ich die zahllosen, wie Schuppen übereinander gelegten Papiereckchen. Wenn man in der anderen Gegenrichtung darüber strich, konnte man jede einzelne von ihnen fühlen. Eine unbeschreibliche Sehnsucht danach, sie richtig sehen zu können, überkam mich, und tatsächlich fand ich einen Lichtschalter neben der Tür. Es war einer von denen, die man um sich selbst drehen mußte, und als es mit einem Schnalzen hell wurde und ich mich umdrehte, sah ich sie.

Sie glich keiner der Origami-Arbeiten, die ich bei Clarisse gesehen hatte, bei denen man eigentlich immer ziemlich gut erkannte, was sie darstellen sollten – einen Storch, eine Rose oder eine Schneeflocke. Viele Dutzend davon standen auf den schmalen, weiß lackierten Brettern, mit denen Onkel Toby Clarisses ganzes Zimmer ausgestattet hatte. Sie wollte nicht, daß ich damit spielte, obwohl ich ihr immer wieder mein Ehrenwort gegeben hatte, aufzupassen.

Erst jetzt – als ich dem bei Licht betrachtet riesigen Origami in Mrs. Itagakis Dachgeschoß gegenüberstand – fiel mir auf, wie seltsam es eigentlich war, daß sich im ganzen Haus kein einziges Origami befand. Gleichzeitig begriff ich, daß Mrs. Itagaki offensichtlich nur dieses eine, riesige hatte. Vielleicht war es ihr Geheimnis. Es war merkwürdig, daß ich das Origami sah und sofort wußte, daß es nichts als eine einzige große Falte war.

Von vorne betrachtet glich das Ding einem großen »V«, das aber, wenn man einmal herumging, um es von der anderen Seite zu betrachten, zu einem geschwungenen, auf eine merkwürdige Weise in sich fließenden »M« wurde, das sich dann wiederum, von der anderen Seite betrachtet, zu einem »O« formte. Ich folgte dem breiten Band ihrer in sich verschlungenen Oberflächen mit den Augen und stellte fest, daß alle Oberflächen schließlich glatt in sich selbst zurückliefen und es eigentlich nur eine einzige gab, die in sich gefaltet war, um dann nur aus einer bestimmten Perspektive wie ein V, ein M oder O zu wirken. Einmal schloß ich die Augen, aber sofort erlosch das Bild der Falte. Es gelang mir einfach nicht, sie mir vorzustellen, obwohl sie doch vor mir stand und ich sie sogar berühren konnte. Irgendetwas Unmögliches war an ihr.

Die Falte war offensichtlich aus den Zeitungen von Mr. Terstone gemacht, aber angesichts ihrer seltsamen Erscheinung war wirklich schwer zu sagen, wie. Ich begann, vorsichtig an einer nach außen gebogenen Ecke herumzuzupfen, weil ich wissen wollte, ob ich sie ein wenig auffalten könnte, um zu sehen, wie sie gemacht war.

Um ein größeres Stück aufklappen zu können, mußte ich unzählige kleine Falten umlegen, was eine ganze Weile dauerte. Je mehr Falten ich freilegte, desto mehr neue schienen aus dem Inneren des Eingefalteten hervorzukommen. Ich ging verbissen ans Werk, und als ich mich nach einer Weile bis zu einer größeren Seite vorgearbeitet hatte und sie endlich ausklappen wollte – war da ein kleiner Widerstand, und ich drückte, aber anstatt ein glattes Stück von der Zeitung auszufalten, hob sich plötzlich wie aus dem Nichts etwas Neues, das Papier knackte, und eine neue Falte stand vor mir, die genauso aussah wie die große. Auf ihr waren dieselben feinen Ecken und fedrigen Spitzen zu sehen, und ich hätte, wären meine Finger kleiner gewesen, auf der Stelle anfangen können, auch an der neuen Falte zu arbeiten. Ich wandte mich einer anderen Stelle zu, fuhr mit den Fingern an einem Falz entlang, der über die ganze Seite verlief und sich auf faszinierende Weise bewegen ließ. Ich wollte ein großes Stück von den Zeitungen abheben, um dort vielleicht etwas freizulegen. Erst ging es ganz gut, und mein Herz raste vor Freude, dann kam ich nicht weiter, die große Falte schien irgendwo auf der anderen Seite zu klemmen, ich zog fester, aber dann hörte ich, wie das Papier ein klein wenig einriß. Ich erschrak.

Mein Blick fiel jetzt zum ersten Mal auf das Material selbst. Was auf den ersten Blick wie die zu einem einzigen großen Papier zusammengeklebten Titelseiten von Zeitungen ausgesehen hatte, mit dicken, in altmodischen Buchstaben gesetzten Schlagzeilen und Pressefotos, verschwand bei näherem Hinsehen, denn alles, sowohl die Buchstaben wie auch die Fotos waren ihrerseits aus Buchstaben und auch Zahlen aufgebaut.

Ich ging einen Schritt zurück, und da sah das Papier aus, wie zusammengeklebte Zeitungen eben aussehen. »Air-France-Flug beim Anflug auf New York abgestürzt« las ich zum Beispiel. Es gab ein Foto, auf dem man nur einen seltsam klein wirkenden Krater sah und einige herumliegende Wrackteile. Doch als ich wieder einen Schritt näher heranging, löste sich der oberflächlich auf dem Titelblatt zu lesende Text in äußerst enggedruckte Reihen von Wörtern und Zahlen auf.

»... Taschenspiegel 75 – Zahnbürsten 459 – Nagelfeilen 211...« und so weiter. Ich trat wieder zurück und suchte nach den dort einwandfrei zu erkennenden Schlagzeilen, es waren alles Berichte über Katastrophen, Hausbrände, Schiffsuntergänge oder Erdbeben, die sich wie von Zauberhand in diese Listen auflösten, wenn man sie näher betrachtete. Listen verlorener Dinge.

Der Gedanke, daß die kleineren Zeichen, aus denen die Titelblätter aufgebaut waren, ihrerseits wieder aus kleineren aufgebaut sein könnten, tauchte flüchtig auf, aber er machte mich schwindeln, weil er meinen Geist unvermittelt mit einer einzigen Bewegung ergriffen und ihn ins Himmelblau einer gewissen abenteuerlichen Seligkeit katapultiert hatte. Da war nur ein aberwitziges Schwindelgefühl, das mich für Minuten gleichsam betäubte.

Dann tauchte plötzlich wie aus dem Nichts Clarisse auf, mit nassen Haaren, einem um die Hüften geschlungenen Handtuch und einem Bikini und griff mich viel zu fest an der Schulter, zog mich aus dem Zimmer und knipste das Licht aus. Piper stand auf dem Flur und beobachtete alles. Als er mich sah, knurrte er leicht, und ich hätte in Tränen ausbrechen können.

Mrs. Itagaki saß unten auf dem Sofa in der Diele und wirkte so, als habe sie zu lange geschlafen. Vor ihr auf dem Tischchen stand eine kleine braune Flasche, daneben ein leeres Wasserglas und ein silbernes Löffelchen.

Clarisse nickte ihr zu, schob mich an beiden Schultern zur Tür hinaus und brachte mich nach Hause zu meiner Tante.

Am Abend hörte ich, wie Clarisse lange mit meiner Tante über mich redete, aber am nächsten Tag war sie wieder so wie immer zu mir, sehr nett. Wir sprachen allerdings kaum mehr ein Wort miteinander, bis mich meine Mutter ein paar Tage später abholen kam.

Es dauerte eine ganze Weile, bis ich wissen sollte, daß es mein letzter Sommer in Bedlington war. Mein Vater kam aus Uganda zurück und war an einen Ort namens Berlin (Ost), Hauptstadt der DDR, versetzt worden. Er wollte nicht länger alleine leben, und also zogen meine Mutter und ich von London mit an seinen neuen Arbeitsplatz.

Das, was ich die Falte nenne, war der merkwürdigste Gegenstand, den ich jemals gesehen hatte, dennoch vergaß ich ihn. Jahrzehntelang ruhte die Erinnerung, bis sie plötzlich – durch eine zufällige Kombination gewisser Stichwörter – vor ein paar Tagen unvermittelt wieder auftauchte, so intensiv, als hätte ich all die Jahre an nichts anderes gedacht. Die Erinnerung an die Falte steht vor mir und dreht sich in einem Dunkel, das meine Vorstellungskraft nicht zu erhellen mag. Jetzt, wo sie mich in Bann hält, wünschte ich, die Verfassung der Welt wäre eine andere. Wahrscheinlich begegnet jeder Mensch eines Tages der Falte, um zu entdecken, daß es keine größere Illusion gibt als die, Dinge, Taten oder Gedanken könnten verlorengehen.

Eine Nacht in Kali Yuga

Die haben doch keine Ahnung, wie es in der Welt zugeht, die Deutschen …«, sagte Dr. Heppner düster, schenkte sich etwas zuviel von dem weißen Khsar nach, nahm einen beherzten Schluck – und seufzte auf. Eine gewisse Stelle am Eingang seines Magens machte ihm seit einigen Jahren zu schaffen, und der eine Schluck Weißwein – nachdem er sich im Gespräch ohnedies schon stark aufgeregt hatte – war vielleicht für den Moment zuviel des Guten gewesen.

Seit der leichten Muschelvergiftung vor drei Wochen hatte er sich nur noch einmal kurz übergeben, nachdem er dummerweise in der Bar vom Maritim Hotel praktisch gegen seinen Willen dieses Sandwich gegessen hatte, wo der Salat in der Mitte schon richtig durchgefault war, was er aber erst bemerkte, nachdem er schon zweimal tief ins Faulige reingebissen und es hinuntergeschluckt hatte –, da hatte er sich einmal kurz erleichtert, aber danach war es ihm gleich besser gegangen. Jetzt hingegen war was im Anmarsch, das war deutlich wahrzunehmen.

Heppner, der zuvor mehr oder weniger eine halbe Stunde lang gesprochen und sich erregt hatte, setzte das Glas ab und schnalzte einmal leise. Er ließ sich in die spröde Landschaft aus Falten und Furchen nieder, die seine Gastritis und die zahllosen anderen kommenden und gehenden Leiden seines bedauernswerten Magens im Laufe der Jahre in sein Gesicht eingegraben hatten. Dann schwieg er resigniert.

Seine Stellung als Leitender Direktor einer einem deutschen Autokonzern gehörenden Fabrik, die ihm selbst doch eigentlich eine ausgezeichnete Position sicherte, stand in beunruhigendem Mißverhältnis zu der Düsternis, die seine Ausführungen zur Weltlage prägte, wobei den Hauptanteil dieser schwarzsonnigen Strahlung Deutschland abbekommen hatte. Ich konnte es kaum ertragen, ihm zuzuhören.

Dr. Heppner war gebürtiger Schwabe, den sein Berufsweg schon vor dreißig Jahren über verschiedene Stationen zunächst nach Südamerika, dann nach Südafrika, schließlich zur Leitung einer über zweitausend Menschen beschäftigenden Produktionsstätte in Marokko gebracht hatte, die Kabelsätze für ein Werk des Konzerns in Spanien lieferte. Allerdings, daran hatte der Direktor keinen Zweifel gelassen, sei es fraglich, wie lange es sowohl die Produktion in Spanien wie auch seine eigene hier in Marokko noch geben werde.

»Der Druck«, sagte er, »der Druck aus der Mutter selbst ist so gewachsen, wir wissen schon gar nicht mehr, wohin. Die diktieren uns jedes Jahr niedrigere Preise, aber meine Kosten steigen, die Arbeit ist selbst in Marokko noch viel zu teuer. Zwei, drei Jahre noch, dann ist hier Schluß. Von

Deutschland selber brauchst ja gar ned mehr z' rede, da ist ja sowieso schon Hopfen und Malz verloren, da sind die einen nicht besser als die anderen.«

Dann stand er auf und verließ den Raum, um die Toilette des Fischrestaurants aufzusuchen. Er wankte mehr, als er ging, aber daß er es irgendwie eilig hatte, konnte man durchaus erkennen.

Die Runde, die Direktor Dr. Heppner zurückließ, atmete auf. Wir waren im ganzen zu viert, und der Grund, warum ich überhaupt so detailliert über das Auf und Ab seines Magen- und Seelenlebens Bescheid wußte, war, daß ich seit drei Tagen in Tanger war und jeden Abend mit ihm und seiner Busenfreundin Giovanna Schreck verbracht hatte, und das lag wiederum daran, daß mich die freundliche Dame vom DAAD bei der Schreck selbst untergebracht hatte und mir folglich gar keine andere Wahl geblieben war, als den Einladungen der Hausherrin Folge zu leisten, mit ihr und Dr. Heppner, dem großen Chef, essen zu gehen.

Dr. Heppner hatte Deutschland nach dem Ingenieursstudium den Rücken gekehrt, um in den Jahrzehnten seiner Auswanderung als Konzernsöldner zu einem der schärfsten Kritiker seines Heimatlandes heranzureifen, den ich bis dahin getroffen hatte. Als dauerhaft in Deutschland Wohnendem konnte einem angst und bange werden. Wenn er – dem es doch eigentlich glänzend ging und der wie ein Fürst in einer dreigeschossigen Dienstvilla mit Palmengarten residierte – schon so grundpessimistisch war, was sollte dann jemand wie ich sagen, der sich seit Wochen mit der schlimmsten

Situation seines ganzen bisherigen Lebens abschleppte, ohne die Kraft aufzubringen, sich die Sache auch nur wenigstens einmal in Ruhe selber zu erzählen, um einer Lösung näherzukommen.

Das wichtigste Projekt meiner Laufbahn war gerade dabei abzuschmieren, und ich mußte eine Lösung finden. Ich wollte nicht nach Berlin zurück. Ich brauchte einen Ort zum Nachdenken. Tanger.

Leider quartierte mich das Schicksal bei der Schreck ein, die angeblich ein unglaublich tolles, dabei aber spottbilliges Appartement vermietete. Als ich ankam, war es allerdings besetzt, und ich sollte erst noch mit ihrem sogenannten »Schlupflöchlein« vorliebnehmen.

Jeden Morgen wieder sollte ich das Appartement beziehen können, aber jeden Abend ging es dann doch nicht, hatte der augenblickliche Mieter der Wohnung beschlossen, noch einen Tag länger zu bleiben. Ich stellte mir die Räumlichkeiten, die da unten im Haus auf mich warteten, wirklich sagenhaft vor.

Jetzt hatte ich endlich die Schlüssel zu ihnen in der Tasche, denn der bisherige Bewohner, der Vierte in unserer Runde, ein gewisser Moby Dorschinger, würde Tanger nachher mit dem Nachtzug Richtung Casablanca verlassen, gegen 21 Uhr. Im Augenblick kümmerten sich Giovannas Putzmänner um die Wohnung.

Dorschinger war ein Schriftsteller, der in den achtziger Jahren außerordentlich erfolgreich gewesen war, ein Buch hatte ich sogar mal gelesen, in dem das Schöneberg David Bowies und eine leise rieselnde Spur Kokains den Hintergrund einer recht kurz angebunden erzählten Lebenskrise eines Mannes von vierzig Jahren bildete.

Wenn ich ihn recht verstanden hatte, dann lebte er seit Jahren in Südostasien – »seit dem Mauerfall, um genau zu sein«. Er entschuldigte sich, daß er die Wohnung so lange blockiert habe, aber er habe eine Geschichte aufschreiben müssen, die ihm einmal jemand erzählt habe und die ihm ausgerechnet hier in Tanger wieder eingefallen sei. Er sei hier mehr oder weniger hängengeblieben, fügte er noch leise und wie nebenbei hinzu, als spräche er eigentlich über eine Falte im Teppich.

Wie ich war auch er eigentlich im Auftrag einer öffentlichen deutschen Institution unterwegs. Während er allerdings luxuriös auf Goethe-Ticket reiste, war ich mit einem kleinen Reisestipendium ausgestattet, das im Zusammenhang mit meiner Habilitation stand.

Vor knapp zwei Wochen war ich aufgebrochen, nach Lagos und von da gleich weiter in den Cross River State, aber Ziel und Zweck meiner Reise hatte ich, anders konnte man es nicht sagen, verfehlt. Ich hatte noch mit niemandem darüber gesprochen, nicht einmal mit Susanne.

Während des frühen Abendessens in einem Lokal am Hafen, das auch am Freitag noch Alkohol ausschenkte, hatten wir uns eigentlich ziemlich gut unterhalten, wobei vor allem – wie üblich – Dr. Heppner und die Schreck gesprochen hatten.

Giovanna Schreck war eine kettenrauchende Frau um die

Sechzig, mit knallrot gefärbten Haaren, deren Körper in der Regel unter einem in Violett- und Rottönen gehaltenen Kleiderberg aus marokkanischer Produktion verborgen lag.

Sie stammte aus Frankfurt am Main und lebte seit über fünfundzwanzig Jahren hier in Tanger, in einer Dachgeschoßwohnung im spanischen Viertel, die über eine Art Gästezimmer verfügte, welches sie – und hier kamen wir dann zusammen – zeitweise an Leute wie mich oder Freunde oder was weiß ich vermietete. Ich sage eine Art Gästezimmer, weil es sich um das Durchgangszimmer zur Terrasse handelte, und da Giovanna eigentlich ausschließlich mit ihrem Telefon auf der Terrasse sitzt, um von dort aus dauernd in die Küche zu gehen und Gin Tonics zu mixen, gab ich ihrer gebetsmühlenartig wiederholten Einladung, mit ihr zusammen auf der Terrasse zu sitzen und »was« zu trinken, allzuoft nach.

Mit ihrem Telefon dirigierte sie währenddessen eine unüberschaubare Zahl hilfreicher Geister durch Tangers Straßen, allesamt junge Männer, mit denen sie ein herrisches Arabisch sprach und die in unregelmäßigen Abständen mit Büchern und Zeitschriften, Tüten mit Obst, Brot, Käse oder Süßigkeiten von der Patisserie Anatol in Giovannas Wohnungstür erschienen, die gebrauchte Wäsche abholten, Briefe zur Post brachten oder auch mal länger blieben, um Giovanna »den Rücken zu schrubben!«

»Jaa, junger Mann, da kuckst du! Aber da gibt's gar nichts zu sehen, wessen ich mich schämen müsste«, hatte sie mir vor zwei Tagen entgegengebellt, als ich sie zusammen mit einem ziemlich jämmerlich dreinblickenden Jüngling, der gut zwei Köpfe größer und fünfzig Kilo leichter als sie gewesen sein dürfte, im Wohnzimmer vorfand, bekleidet mit jenen Bademänteln, die er selbst zuvor von der Wäscherei geholt hatte.

»Ich kenne keine Berührungsängste mit dem Fußvolk! Setz dich, trink was.«

Ihre Wohnung verließ Giovanna Schreck nur einmal am Tage, zum Abendessen – gegen 18 Uhr erschien Dr. Heppner mit gezücktem Autoschlüssel, in Golfhose und dunklem Polohemd, duftete nach beeindruckend teuer riechendem Rasierwasser und geleitete sie an seinem Arm die vielen Treppen nach unten.

Heppner war mit einer jüngeren Frau (»Isabelle«) verheiratet, die aber irgendwo in Südfrankreich lebte und deren gelegentliche scherzhafte Erwähnung durch die Schreck ein schmerzliches Zucken um seine Mundwinkel auszulösen pflegte.

»Giovanna«, sagte Heppner immer wieder zwischendurch, »Giovanna ist der einzige Grund, warum ich überhaupt noch in Tanger bin. Die einzige Deutsche in Nordafrika, die ich ertragen kann.«

»Ach, ist er nicht süß – mein Hufschmied!«

»Ne, jetzt einmal ganz ehrlich – Giovanna, ich liebe dich.«

»Hepp! Hepp! Heppner Hurra!«, krähte daraufhin die massige »Mao-Schülerin«, wie sie selbst einmal über sich gesagt hatte, und drückte dem Vater von sieben Kindern einen dicken Kuß auf die Wange.

Gespräche deutscher Ausgewanderter dieser Art und solches Zusammensein kannte ich von den sich ewig und überall gleichenden, um das ferne Heimatland sich rankenden monotonen Gesprächsrunden, an denen ich in ganz Zentral- und Südafrika teilgenommen hatte.

Warum nur ist es für uns Deutsche eine solche Qual, miteinander im Ausland zusammenzusitzen, aber auch eine solche irgendwie fast perverse Lust? Lust nämlich, die man darin findet, mit den ausgewanderten Landsleuten gleichsam im eigenen Saft zu schmoren, doch unter südlicher, milde und müde stimmender Sonne. Beliebig viele Drinks, 140 qm Altbau für 150 Euro und Laufburschen, die für *einen* Euro in der Stunde fast alles machen. Da fällt es leicht, den Mangel an Dienstleistungswillen im verkommenen, satten, selbstgefälligen Deutschland zu beklagen und etwas mehr Einsatzwillen zu fordern, während man sich überlegt, wo man heute abend wieder essen geht. Doch würde ich lügen, wollte ich verhehlen, daß ich die verlockende, leicht ranzige Süße jenes Lebensstiles heimlich genoß.

Ein Ausdruck meiner Habil und Susannes alter Laptop lagen unberührt auf dem kleinen Tischchen, den Laptop hatte ich nicht mal aus der Tasche genommen. Jeden Abend wieder saß ich dann – anstatt zu arbeiten oder wenigstens innerlich eine Entscheidung zu treffen – mit den beiden, Dr. Heppner und Giovanna, in irgendeinem anderen prominenten Lokal Tangers zusammen, und jeder Abend verlief eigentlich gleich, inklusive Giovannas Sprechanfall und Dr. Heppners jeweiliger neuester Magenverstimmung.

»Na ja«, sagte Dorschinger, »ich glaube, daß unser Konzernstratege hier« – er wies in Richtung des entschwundenen Heppner, »die Krise der deutschen Industrie aus einer Sicht sicherlich richtig beschreibt. Aber es ist wirklich faszinierend, wie abhängig das deutsche Selbstbewußtsein doch vom Funktionieren ›der Maschine‹ zu sein scheint.«

»Wenn's nicht läuft«, sagte Giovanna Schreck grinsend, »dann schaut's überall schlecht aus. Nemo contra deum nisi deus ipse.«

»Ja, sehr gut«, lachte Dorschinger, faltete eine gelbe Papierserviette auf, nahm einen dicken Filzschreiber aus seinem dunkelblauen Kapitänsjackett und begann, auf der quadratischen Serviette zu malen.

Da kam Dr. Heppner zurück von der Toilette, seine Gesichtsfarbe war leicht grünlich, aber ansonsten schien er soweit wiederhergestellt. Bei der kleinsten Regung im Magen, das war sein Ratschlag schon am ersten Abend gewesen, beim leisesten Verdacht solle man nicht zögern und sich selbst sofort erleichtern. »Besser einmal zu viel kotzen gegangen als einmal zu wenig…«, das war sein Leitspruch, und »Trink niemals das Wasser aus dem Wasserhahn« sein Rat für jeden Neuankömmling.

Er setzte sich mit einem etwas schiefen, aber durchaus tapferen Lächeln, winkte dem Kellner und bestellte für jeden von uns einen Magenbitter.

»Und, was wird das, wenn's fertig is?«, fragte er.

»Das ist, was ich vorhin, bei Ihrer Geschichte da, erwähnt habe, eine indische Maschine«, sagte Dorschinger und hob die Serviette hoch.

Ein großes Quadrat als Rahmen, darin ein großer Kreis, darin ein kleineres, auf die Spitze gestelltes Quadrat, darin ein mittlerer Kreis, noch ein Quadrat und ein letzter, wieder kleinerer Kreis.

»Es handelt sich um ein sehr einfaches Yintra, eine Meditationshilfe, man sitzt davor, konzentriert sich auf das Yintra, das beginnt, sich zu drehen und zu verschwimmen usw., und dieses Verschwimmen muß man durch noch höhere Konzentration stoppen. Wenn das gelingt, dann verwandelt sich das Yintra, und man sieht …«

»Was«, fragte Giovanna, »einen Geist? Etwa einen Dämon?«

»Man visualisiert auf jeden Fall *etwas*, das eigentlich nicht zu sehen ist. Die Übung des Yogis besteht nun darin, diese Visualisierungen über immer längere Zeiträume aufrechtzuerhalten.«

»Für mich klingt das nach Gehirnmassage!«, raunzte Heppner abfällig, aber Dorschinger widersprach dem gar nicht, im Gegenteil, er gab Heppner recht.

»Durch die Konzentration auf die Visualisierung des Yintras wird das Gehirn tatsächlich jeweils in ganz bestimmte Frequenzschwingungen versetzt …«

»Da kannst du dir genauso gut einen Joint bauen, mein Junge …«, sagte die Schreck. Sie hatte mir schon am ersten Abend einen faustgroßen Klumpen Haschisch aus dem Rifgebirge unter die Nase gehalten. Sie selber kiffe zwar nicht, habe für Gäste aber immer etwas da. Ich brachte nur ein krächzendes »Nein, danke, ich rauche nicht« heraus.

»Wichtig ist …«, fügte Dorschinger abwinkend hinzu, »daß diese Yintren als Maschinen zu verstehen sind, mit deren Hilfe man Kontrolle über das Innenleben und die spirituelle

Entwicklung gewinnen kann. Während ja die Maschine im Westen eher dazu dient, die Außenwelt …«

»Also für mich klingt das nach Einschränkung, Einrahmung – genau, wie ein großer Rahmen für kleine Geister!« Heppner war an diesem Abend wirklich in Fahrt.

Liebenswürdigerweise kam nun der Patron des Lokals selber vorbei, brachte vier Gläser und ließ die Flasche Fernet am Tisch. Dorschinger faltete die Serviette mit der indischen Maschine wieder zusammen und steckte den Stift ein. Dann nahm er die Flasche.

»Aber auch das strengste Yoga und alles Meditieren«, sagte er, während er einschenkte, »hilft nichts – wir leben nun mal im Kali Yuga, und daran kann niemand etwas ändern. Alles geht zugrunde!«

»Da brauch ich kei indisch Cola Yoga oder wie das heißt, da braucht man nur Augen im Kopf!«

Dorschinger lachte. Das Kali Yuga habe am 18. Februar 3102 vor Christus begonnen – zumindest sei das die offizielle hinduistische Datierung –, einem Dienstag. Es währe noch viele tausend Jahre und sei das nach der Göttin Kali benannte, das vierte Yuga, das Zeitalter des Untergangs.

»Wenn selbst diejenigen, die die Wahrheit kennen, nicht mehr für sie eintreten, weil ihre moralischen Kräfte zu schwach geworden sind, dann herrscht Kali Yuga …«, sagte Dorschinger lächelnd und nahm einen mittelgoßen Zigarillo aus einer kleinen ledernen Tasche.

»Das erinnert mich an den Witz, den ich immer einem unserer Vorarbeiter erzähl – strenggläubiger Moslem, der

Mann –, was er wohl macht, wenn er eines Tages vor Gott tritt, um dann zu sehen, daß *sie* schwarz ist. Proscht!«

Nachdem wir getrunken hatten, sah Dorschinger mich an. Ich war der einzige, der noch nichts zum Gespräch beigetragen hatte, und mir war durchaus aufgefallen, wie er die beiden anderen – die ohnedies zum Monologisieren neigten – systematisch zum Erzählen gebracht hatte. Nun spürte ich förmlich, wie er sich an mich heranpirschte.

»Wie lange leben Sie schon in Tanger?«, fragte er.

»Drei Tage.«

»Na, da haben Sie sich ja schon ganz gut zurechtgefunden, wie man sieht.«

Mir fiel es schwer, das als Kompliment zu verstehen – als eingespieltes Trio Infernale mit Giovanna Schreck und Dr. Heppner durchzugehen, war das letzte, das ich mir gewünscht hätte.

Nach den deprimierenden Wochen in Nigeria war Tanger jeden Morgen wieder eine weißblau strahlende Verheißung gewesen, die sich nicht erfüllte. Jede Entschlußkraft hatte mich verlassen, weder wollte ich wirklich hierbleiben noch wollte ich andererseits schon wieder zurück. Eine vorzeitige Rückkehr nach Berlin hätte im Institut mit Sicherheit allerhand Fragen aufgeworfen.

Mein Chef, Professor Manfred Siegring, war gerade in New York und hatte die Verträge mit der Unesco, der Weltbank und der New York University unterzeichnet. Mein Scheitern, wenn man es so nennen konnte, würde zwar vor allem mir, dann aber in unmittelbarer Folge auch ihm einige Schwierigkeiten bereiten.

Niemandem im Institut hatte ich gesagt, daß ich den Kongreß in Rabat, den ich auf dem Rückweg von Lagos besuchen sollte, nach einem Tag schon wieder verlassen hatte, um mich hier in Tanger bei Schreck zu verstecken. Nur Susanne wußte es, die ich nachher noch anzurufen versprochen hatte. Seit Tagen verschob ich das entscheidende Gespräch mit ihr von einem Abend auf den nächsten, versprach, am nächsten Abend wieder anzurufen, und wagte es dann doch nicht, die Sprache auf die verdammte Sache zu bringen.

»Was hat Sie denn nach Tanger gebracht?«, fragte mich Dorschinger.

»Der Christian bereitet sich auf seine erste Professur vor!«, antwortete an meiner Statt Giovanna Schreck und sah Dorschinger herausfordernd an, so als sei sie, Schreck, die väterliche Anführerin eines erlesenen Haufens und ich ihre beste Nachwuchskraft.

»Schön wär's«, sagte ich, »Tatsache ist: Ich arbeite im Augenblick erst an meiner Habilitation. Ich bin Linguist, muß ich wohl dazusagen.«

»Und worum geht's da, in Ihrer Habil?«, fragte Dorschinger.

Wie ich diese zähen »Ach, Sie züchten Rosen?«-Gesprächsanfänge hasse, die daher rühren, daß man das Wesentliche an seiner Arbeit zu wenig interessant findet, um mit anderen, Nicht-Fachleuten, darüber zu reden. Hinter der Verkrampftheit ganzer Legionen halbausgebackener Akademiker wie mir steht keine Arroganz, sondern nur das sichere Bewußtsein um die Marginalität der eigenen Arbeit.

Da nun allerdings sowas wie ein *Worst-Case-Szenario* eingetreten war, über dessen Konsequenzen für meine akademische und für unsere familiäre Situation ich seit Tagen *nicht* nachzudenken versucht hatte, weil es so oder so eine Katastrophe geben würde, spürte ich, wie sich etwas in mir regte, Dorschinger und den anderen tatsächlich zu erzählen, was ich machte. Ist mir eigentlich noch nie passiert. Susanne hält mich für wortfaul, ausdrucksstark nur in der merkwürdigen, unbewußten Mimik meines Gesichts, wenn ich am Computer sitze und arbeite.

Um genau zu erklären, was mich an diesen Tisch in Tanger gebracht hatte, hätte ich in die Zeit meines Studienbeginns zurückgehen müssen, oder eigentlich noch weiter, denn meine Faszination für Sprache rührt aus meiner frühesten Kindheit her, und dabei bin ich – ich habe es schon erwähnt – niemand, der selber gerne sprechen würde. Mir ging es auch nie um die künstlerische Qualität oder gar die Originalität eines Sprechens. Was mich hingegen schon immer fasziniert hatte, war das gleichmütige Vertrauen, das die Menschen an den Tag legten, wenn sie sprachen. Bevor man selbst sprechen kann, versteht man ja schon, was Sprechen ist, aber es ist durch und durch magisch, aus tönender Luft entstehen Gebilde von fast materieller Solidität, man ruft herbei, was man will, beschreibt Vorgänge und zaubert

Zusammenhänge in die Luft, die jeder zu sehen glaubt, der richtig hören kann.

Eine Lehrerin auf dem Gymnasium meinte einmal, jede Sprache sei wie eine ganz spezifische Landschaft, die bis ins letzte Detail feststehe und existiere. In jeder dieser Landschaften gebe es aber eine unendliche Zahl möglicher Spaziergänge, der Spaziergänger sei also frei, und die Karte, die er dazu benutze, um sich zurechtzufinden, sei die Grammatik. Das fand ich recht einleuchtend.

Nach dem Zivildienst im Pflegeheim zu Hause in Oldesloe belegte ich in Hamburg Linguistik und Ethnologie, und um zu beschreiben, wie mein Weg an der Uni von da an verlief, fällt mir eigentlich wieder nur dieses Bild von der Landschaft ein und von der unendlichen Zahl von Spaziergängen, die in ihr möglich sind. Anders allerdings als beim Sprechen, wo man immer wieder abbrechen und von vorne beginnen kann, läuft es im Leben, nicht nur im akademischen, aber so, daß sich die unendliche Zahl möglicher Wege mit jedem weiteren Schritt einschränkt – bis man irgendwann nur noch einen Weg vor sich hat, den man logischerweise gehen kann.

Wie ich zu einem Spezialisten der über neunhundert Sprachen umfassenden Benue-Congo-Gruppe (einer Unter-Unter-Gruppe der Niger-Congo-Sprachen) wurde, könnte ich bis ins einzelne nacherzählen, es gab fachliche Gründe, aber ebenso gab es Sympathie und Antipathie bei gewissen Dozenten, es gab große Neigungen und auch kleine Zufälle, wie jenes eine bizarre Seminar über Zentralafrikanische Lautbildung, in dem ich Susanne kennenlernte, die wegen eines Nebenfachscheines in Kunstgeschichte da war. Es war Mai, als ich dort das beste Referat meines bisherigen akademischen Lebens hielt (über den Verschluß-Klick-Laut »Ktrk«) und Susanne später am Abend mit der Vorführung verschiedener anderer labialer Kuriositäten umgurrte und umschnackselte, daß sie aus dem Lachen und Staunen gar nicht mehr herauskam. So gesprächig sei ich nie wieder gewesen, meint Susanne immer, wie an jenem ersten Abend.

Aufgrund dieses Referates schrieb ich im Jahr darauf bei einem anderen Dozenten, damals noch Dr. Siegring, eine Hausarbeit, die dieser begeistert aufnahm. Nachdem er sich habilitiert hatte, verschaffte er mir eine Bibliotheksstelle.

Kurz nachdem wir Benno bekamen, ein klassisches »Unfallbaby«, wurde Manfred an die Humboldt-Uni in Berlin berufen, und für seine engeren Mitarbeiter und Schüler, die mit ihm nach Berlin gingen, brachen hoffnungsvolle Zeiten an. Ich selber hatte das Glück, eine Assistentenstelle auf fünf Jahre zu bekommen, obwohl ich gerade erst noch über die Unter-Unter-Unter-Unter-Unter-Gruppe der ungefähr siebzig Cross-River-Sprachen promovierte, die vor allem in Nigeria verbreitet sind.

Wir waren absolute Orchideen, aber Manfred, als Wissenschaftler nicht mehr als grundsolide, erwies sich als Manager äußerst geschickt darin, das Wasser großer Quellströme auf unsere kleinen Mühlen zu führen.

Vielleicht lief alles zu gut, für mich jedenfalls, denn obwohl ich fleißig forschte und unterrichtete, auf Kongresse fuhr und immer wieder auch in den wichtigen internationalen Zeitschriften veröffentlichte, wollte sich meine längst überfällige Habilitation einfach nicht von der Stelle bewegen. Ich verdiente genug Geld, um den Dispo jeden Monat wieder ausgleichen zu können, und als meine Assistenzstelle noch einmal für drei Jahre verlängert wurde, waren Susanne und ich uns sicher, daß der richtige Zeitpunkt für ein zweites Kind gekommen war. Diesmal lief alles wie geplant, bis auf die Tatsache, daß Friederike, unser Töchterchen, mit einer ausgeprägten, unerklärlichen Diabetes auf die Welt kam. Friederike brauchte von Anfang an sehr viel Fürsorge, und spätestens nach dem ersten Jahr mit ihr, das unsere Familie so ziemlich an den Rand ihrer Belastbarkeit gebracht, andererseits aber total zusammengeschweißt hatte, war ich fest entschlossen, die verbleibende Zeit zu nutzen, mich endlich zu habilitieren, um mich dann auf Professorenstellen bewerben zu können.

Als Manfred in meinem Alter war, war er bereits zwei Jahre Professor in Hamburg. Er war und ist mein Vorbild und mein Berater, der mir irgendwann dann auch deutlich vom Ende der Fahnenstange sprach. Ich müsse nun endlich mit einer gewichtigen Arbeit hervortreten. Mein von ihm unterstützter Plan war, die systematisch neu konzipierte Grammatik einer überschaubaren Sprachgruppe zu verfassen – eine generative Grammatik für das 21. Jahrhundert, mit Lehrbuchcharakter, nah genug an der Forschung, um sich auch wieder von ihr distanzieren und das tatsächlich Existierende im Blick behalten zu können. Mit anderen Worten – ich wollte so etwas wie ein neues Standardwerk schreiben, eine Modellgrammatik.

Bei dem Stichwort »Modellgrammatik« sahen meine Zuhörer Erklärungsbedarf. Schließlich hatten die Schreck und

Heppner Latein gelernt und mochten nicht einsehen, wie sich irgendwelche Deklinationen ändern sollten, durch eine andere Graphik oder was. Oder gleich mit Internet. Dorschinger verzog keine Miene.

»Nun, Sie müssen sich einfach vorstellen, daß die lateinische Grammatik auf eine gewisse Weise ja von den Römern entwickelt wurde, die griechische von den Griechen, die chinesische von Chinesen, die deutsche Grammatik von Deutschen usw. Eine solche Grammatik ist natürlich ein schematischer Ausdruck ihrer Sprache, aber sie ist außerdem auch ein Produkt desselben Geistes, wenn man so will. Bei einer Grammatik, die als gezieltes Forschungsprojekt zu einer zwar fast unglaublich komplexen und faszinierenden Sprache entstehen soll, die aber als solche über keinerlei systematische oder gar schriftliche Bezugnahmen auf sich selbst verfügt, ist das etwas völlig anderes.

Der akademische Erfolg hängt dabei von der Erfüllung zahlloser formaler Voraussetzungen und von der Fähigkeit ab, das vorgeschriebene Programm zu erfüllen und dabei erst ab einem bestimmten Punkt neues Wissen zu produzieren. Unsere Suche nach einem geeigneten Gebiet war also zunächst einmal von seiner Unberührtheit von der bisherigen Forschung geprägt. Schließlich entschieden wir uns für eine kleine Gruppe von Sprachen, die Kiong-Korop-Gruppe.«

Wir stießen eher zufällig auf Kiong, das plötzlich wie ein schillernder Flußarm eines gewaltigen guterforschten Stromes menschlicher Sprache unberührt vor uns lag. Und was wir sahen, war einfach unglaublich. Eine Sprache ohne Ego. Ohne Subjekt, mit einer präzisen Vorstellung von Kausalität, die aber überhaupt keinen Zeitbegriff hervorgebracht zu haben schien.

»Fast eine göttliche Sprache«, das war Manfreds Fazit nach einer zweiwöchigen Intensivtour auf dem noch neuen, spärlich dokumentierten Terrain. Kiong war Sprache gewordene weite Ferne, die stets ganz nah sein konnte. Sätze konnten die Richtung, die Zeit und das Subjekt wechseln, ohne nur irgendwie mehrdeutig oder sinnlos zu werden. Kiong war ein Traum ...

Allerdings wurde die Zeit knapp – ein dreiviertel Jahr vor dem Auslaufen meiner Stelle in Berlin gelang es Manfred, mit dem Institut zu einem großangelegten, von der Weltbank bezuschußten Projekt der Unesco zu stoßen, aus dessen Mitteln themenspezifische Stipendien vergeben wurden. Die Unesco strebte nach so etwas wie einer systematischen Bestandsaufnahme sämtlicher kleinerer lebender Sprachen, die im Jahr 2017 abgeschlossen sein sollte. Die afrikanischen Sprachen wurden von der New York University aus koordiniert, es waren Linguisten aus zahllosen Ländern daran beteiligt, und jeder von ihnen verfolgte sein eigenes winziges Teilprojekt – jeder nur ein Rädchen.

Aber dieses Rädchendasein verhieß mir die Chance, meine Arbeit schreiben und die Familie versorgen zu können.

Theoretisch war ich mehr als gerüstet. Feldforschung hingegen war eigentlich niemals meine Stärke gewesen, würde sich aber diesmal nicht vermeiden lassen. Kurz nach Weihnachten flog ich das erste Mal nach Nigeria. Der Plan bestand darin, von Lagos aus in den Cross-River-District aufzubrechen, um dort die Kiong-Gemeinden aufzusuchen, von denen wir wußten. Ich brauchte Material. Aber ich fürchtete mich davor, es zu beschaffen. Darin hatte ich einfach keine Erfahrung.

Am Abend meiner Ankunft in Lagos gab der Chef des bescheidenen linguistischen Instituts in seinem Privathaus ein Abendessen für mich. Dabei lernte ich einen älteren irischen Ethnologen kennen, Joseph Crowley, der, mit einer Nigerianerin verheiratet, seit langem in Lagos lebte und seine eigenen Forschungen zu Kiong vor etlichen Jahren aufgegeben hatte. Nach allem, was er mir erzählte, war er – ein typischer, zäher Empiriker – schon sagenhaft weit gekommen. Es war, als hätte ich eine goldene Nadel im Heuhaufen gefunden.

Joseph und ich mochten uns auf Anhieb. Am nächsten Tag öffnete er seine Archive für mich und machte mich sprachlos. Er zeigte mir die Hunderten von Seiten eines schon weit gediehenen Wörterbuchs und seine Sammlungen von Sprichwörtern und Liedern, die für mich von sehr großem Nutzen waren. Es war sagenhaft.

Wozu jetzt noch die zeitraubende Mühsal einer beschwerlichen Reise aufs Land, wenn ich hier schon aus dem vollen schöpfen konnte! Ich blieb in Lagos und übertrug – nächtelang tippend – unzählige Dokumente und Daten auf meinen Computer, während an den Wänden und der Decke Reptilien Insekten jagten und sich draußen auf dem Hof die Hunde mit den Affen stritten. Crowley im übrigen sah meine

Bemühungen mit großem Wohlwollen und tat alles, um mich nach Kräften zu unterstützen.

Nach meiner Rückkehr nach Berlin war ich geradezu euphorisch und machte mich sofort an einen Entwurf der Arbeit. Manfred reichte im Namen des Instituts den Antrag in New York ein – er wurde angenommen. Die nächsten zwei Jahre waren abgesichert. Es schien so, als hätte ich tatsächlich noch einmal Glück gehabt.

»Aber was denn nun?«, unterbrach mich Dr. Heppner, »was ist denn nun schiefgegangen?« Aus dem Direktor sprach ein mir bislang nicht an ihm aufgefallenes Mitgefühl. Auch Giovanna Schreck hatte mir aufmerksam zugehört, Dorschinger sowieso. Über den Tisch hinweg blickte ich auf die verlassene Terrasse, unter der das Hafenwasser plätscherte.

Ein seltsames Gefühl erreichte mich seit langer Zeit zum ersten Mal – die Ferne des eigenen Lebens in seiner Erzählung. An jenem Tisch in Tanger trat ich aus meinem Leben heraus, um von ihm zu berichten, als ob es das Leben eines anderen wäre. Zwar behielt ich die allermeisten Details für mich, verschonte die anderen mit dem genauen Werden und Wachsen meines Lebenslaufs und erzählte nur das Nötigste. Vor mir selbst aber, der ich meinerseits der Erzählung gleichsam lauschte, entstand mehr und mehr das ganze Bild – darin ich, wiewohl ja der Erzähler und wohl auch der Protagonist, nur mehr als das Rädchen auftauchte, das ich war, unbehelligt von der mittlerweile ausgeschrundenen Stelle meines Herzens, an der sich die Sorgen zu laben pflegten wie Krähen an einem Kadaver. Dorschinger forderte mich auf weiterzuerzählen.

»Wissen Sie, meine Herren«, sagte ich, »ein Blick auf die etwa 7000 Sprachen ergibt folgendes Bild: Wir haben ein paar Sprachen, momentan sind es acht, die von mehr als 100 Millionen Sprechern gesprochen werden, darunter sind Englisch, Russisch, Mandarin, Japanisch, Hindi, Spanisch, Portugiesisch, und Deutsch übrigens auch. Acht von 7000! Die meisten Sprachen haben viel weniger Sprecher, und grundsätzlich gilt die Regel: Je mehr Sprachen in einem Raum gesprochen werden, desto weniger Sprecher bleiben im Durchschnitt für das einzelne Idiom. Eigentlich klar. Es ist eine Pyramide, aber eine, deren Basis durch das Aussterben beständig abbröckelt.«

»Also das hab ich schon mal gehört!«, rief Direktor Heppner mit einem bestätigend in meine Richtung gehaltenen Zeigefinger, »ich bin ja so froh, daß ich schon vor dreißig Jahren aus dem ganzen Rentensystem ausgestiegen bin! Mir tut ehrlich jeder leid, der da noch mitmachen muß«, fügte er bitter hinzu und schenkte mir ein bedauerndes Lächeln.

»Dann können Sie mir vielleicht ja folgende Frage beantworten«, sagte ich, ohne auf Dr. Heppners Anspielung weiter einzugehen, »in welchem Land werden die meisten gerade aussterbenden Sprachen gesprochen?«

»Was gibt's da zu überlegen«, sagte der Direktor lässig, »das kann auch nur irgendwo bei uns sein, in Europa, wo es kulturell ja sowieso nur noch abwärts geht.«

»Ich tippe auf Amerika!«, sagte die Schreck, die Alt-Sponti aus Frankfurt, und Dorschinger meinte, er habe eine Vermutung, aber keine Meinung, und da wolle er nicht raten.

»Sie liegen im Prinzip völlig richtig«, sagte ich zu Giovanna, »aber die USA belegen nur den zweiten Platz. Es handelt sich um Australien.«

»Die Aborigines«, sagte Moby Dorschinger todernst.

»Richtig. Und in Amerika sterben gerade die Indianersprachen aus, so wie in Brasilien, das auf Platz drei liegt, gefolgt von all den Nationen, in denen noch lebendige Reste dieser Schicht der menschlichen Geschichte übriggeblieben sind.

Stellen Sie sich ein noch intaktes Ökosystem vor, in dem gerade mit rasender Geschwindigkeit die Flechten, Moose und Farne absterben.«

»Bei uns in Europa ...«, sagte ich dann noch, zu Dr. Heppner gewandt, »bei uns ist schon alles längst planiert und betoniert, da gibt es fast nichts mehr, was aussterben könnte. In Deutschland das Jiddische, das Italo-Jüdische auf dem italienischen Stiefel. Ansonsten sterben in Europa nur die Nomadenvölker des Nordens, Jüten und Lappen. Den aktuellen europäischen Sprachen geht es glänzend, von ihrer Verbreitung her betrachtet, das zählt alles nach Millionen. Die Sprachen hingegen, die im Augenblick sterben, werden noch von zwanzig, fünfzig, manchmal aber auch nur noch von vier oder fünf Menschen gesprochen. Weltweit gibt es viele hundert. Im Schnitt verliert die Menschheit zur Zeit alle zwei Wochen eine Sprache.«

Dr. Heppner, der sich an einem früheren Abend als passionierter Karl-May-Leser ausgewiesen hatte, schenkte noch einmal Fernet nach und sagte mit düsterem Blick, »Mein roter Bruder, ich sage dir, der Schnaps ist es, der die Indianer tötet ...« Alle nahmen einen Schluck.

»Ja, und um es einfach einmal gesagt zu haben«, fügte ich hinzu und schüttelte mich unter dem bitteren Nachgeschmack des Fernets – »jede dieser Sprachen ist von der anderen so verschieden wie Norwegisch von Italienisch, hat ein eigenes Lexikon und oft einzigartige grammatikalische Strukturen, so daß man wirklich sagen muß, mit jeder einzelnen stirbt eine Welt für sich.«

Ich mußte nun doch schlucken. Die Gewalt dieser Formulierung, leicht dahin gesagt, weil sie eine Art rhetorischer Standard in der Selbstbeschreibung unserer kleinen Zunft war, packte mich am Genick, daß mir fast die Tränen kamen.

Das Ziel meiner zweiten Reise nach Nigeria hatte darin bestanden, für die Unesco auf einer Generalstabskarte diejenigen Dörfer einzutragen, in denen Kiong gesprochen wurde, und dazu jeweils die Zahl der Sprecher zum Zeitpunkt meiner Erhebung. Eine statistische Karte, die bis zum Herbst eingereicht werden mußte – sonst flossen die Mittel nicht. Manfred organisierte ein kleines Reisestipendium des DAAD, das wir leicht bekamen, wir waren schließlich dabei, große Forschungsgelder aus dem Ausland nach Deutschland zu bringen.

»Das war vor gut drei Wochen, und diesmal war ich sehr nervös. Aber trotz der großen Hitze und der Moskitos ging alles glatt, und ich gelangte mit meinem Fahrer problemlos überall dorthin, wo sich nach meinen Unterlagen Dörfer befanden, in denen Kiong gesprochen wurde.

Allerdings traf ich dort nur noch Menschen, die sich zwar daran erinnern konnten, daß Kiong einmal gesprochen wurde, aber ich stieß einfach nirgendwo auf die Spur eines tatsächlich noch lebenden Sprechers. Ein alter Mann konnte ein – sehr einfaches – Sprichwort auf Kiong, seine Nachbarn hätten das immer gesagt. In einem Dorf in der Nähe von Asikpo erzählte mir eine noch ältere Frau auf Efik, daß eine große Familie vor dreißig Jahren nach Dahomey gezogen sei, also in den heutigen Benin, jedenfalls in den Westen an den Niger, wo genau, wisse sie auch nicht, es sei so lange her. Das waren die letzten, von denen sie wisse, daß sie Kiong gesprochen hätten, eine gewisse Familie … aber der Name fiel ihr nicht ein.

Wieder in Lagos, war mir klar: Kiong war ausgestorben. Die angeblich ausgewanderten Sprecher irgendwo im Westen zu suchen, war sinnlos. Vermutlich gab es sie nicht einmal.«

»Und was sagte Ihr Forschungspartner in Lagos dazu, dieser Crowley?«, fragte Dorschinger.

»Er war nicht überrascht, im Gegenteil.«

»Soll das heißen, daß er Sie absichtlich im falschen Glauben gelassen hatte, Kiong würde noch gesprochen?«

»Ja. In meinem Auftauchen sah er wohl eine einmalige und letzte Chance, sein Lebenswerk, sein Archiv der Sprache Kiong, doch noch in die offizielle, globale Wissenschaftsszene einzuspeisen, indem er es mir – dem engagierten Grammatiker mit Unesco-Stipendium auf dem Weg zu seiner ersten Professur – zur Verfügung stellte.«

Ich hatte keine Lust, den gewaltigen Streit, den Crowley und ich uns geliefert hatten, noch einmal wiederzugeben. Nach einer Weile gab er zu, daß er mir absichtlich nichts von seiner Vermutung mitgeteilt hatte, Kiong könnte mittlerweile ausgestorben sein. Ich war mehr als empört. Er hingegen ließ nicht von seinem Kurs ab, im Gegenteil. Warum ich mich so anstelle – außer ihm und mir wisse niemand davon, und er, Crowley, werde sich auf jeden Fall an seinen Part der Abmachung halten. Ich könne auf seine Unterlagen zurückgreifen, eine neue Karte mit den alten Eintragungen erstellen, vielleicht da und dort das eine oder andere Dorf weglassen, was spiele das schon für eine Rolle – ob Kiong vor zehn Jahren oder fünf Monaten ausgestorben sei oder in zwei Jahren aussterben werde, das laufe doch aufs Gleiche hinaus. Schließlich könne ich doch trotzdem auf sein gesichertes, wahrheitsgemäß und wissenschaftlich akribisch eruiertes Material zurückgreifen.

»Du solltest an deine Habil denken und an sonst nichts«, sagte er immer wieder, um dann fast flehend hinzuzufügen, »guter Junge, mach nicht denselben Fehler wie ich damals, und schmeiß alles hin, nur weil deine Arbeit nicht in die Köpfe von ein paar Bürokratenschädeln paßt! Was soll das eigentlich! Du bist ein hervorragender Wissenschaftler. Du hast Familie, Mann. In zwei Jahren bist du Professor, das ist das einzige, was zählt.«

»Ich glaub, da is mir was entgangen«, sagte Dr. Heppner stirnrunzelnd, »die Grammatik kanscht du doch trotzdem schreiben …«

»Verstehst du denn nicht, du hornochsiger Kabelschmied«, fuhr die Schreck dazwischen, in deren knubbeligem Gesichtsfleisch die Geistesschärfe auf einmal nur so brodelte, »die Unesco fördert nur Projekte *noch lebender* Sprachen. Deshalb kann er die Grammatik zwar schreiben, aber er bekommt keinen Cent dafür, weil die Sprache ausgestorben ist!«

Giovanna hatte es richtig erkannt. Vor mir lagen zwei Möglichkeiten: entweder die Weltbank, die Unesco, die betreuenden Kollegen an der New York University, meinen langjährigen Förderer Manfred Siegring und die gesamte wissenschaftliche Community zu belügen. Oder aber ab nächstem Monat ohne Einkommen und ohne Aussicht darauf dazustehen.

Über diese beiden Alternativen dachte ich seit dem Streit mit Crowley nach, zwei Wochen, in denen ich mich gequält hatte wie noch nie. Beide waren ausgeschlossen, beide waren fürchterlich, beide waren nicht akzeptabel. Aber von der einen würde (fast) niemand erfahren, im Falle der anderen stünde meine Familie vor dem finanziellen Nichts, meine Karriere vor ihrem Ende.

Dorschinger hatte den Tisch verlassen, und die beiden Spezis Heppner und Schreck beschworen mich, mich ja über die Kleingeister bei der Unesco (die sowieso durch und durch verrottet sei, das sei ja bekannt, wie Dr. Heppner meinte) hinwegzusetzen. »Du kannst deinen Professor Manfred schließlich nicht verraten«, meinte Giovanna Schreck, »der hat dich über die Jahre aufgebaut, und wenn's dann darauf ankommt, fällst du ihm in den Rücken! Was meinst du, wie oft Leute mich irgendwo rauskicken wollten, wegen irgendwelcher Vorschriften und Paragraphen! Hab ich schon lange mit Schluß gemacht…«

Die Rückkehr Moby Dorschingers läutete das Ende unserer Runde ein. Direktor Heppner, der seinen Dienstwagen vor dem Lokal stehen hatte, und Giovanna Schreck würden ihn zum Bahnhof bringen. Ich bat den Schriftsteller, mir meinen Entschluß zu verzeihen, ihn nicht mit den anderen zusammen zu begleiten. Ich müsse noch meine Frau anrufen. Er lächelte verständnisvoll. Dann gab er mir auf eine nachdrücklich freundliche Weise die Hand – eigentlich bemerkte ich erst jetzt, daß er gar kein junger Mann mehr war. Zahllose feine Fältchen säumten seine Augen und seine Mundwinkel; sein jungenhaft gescheiteltes rotblondes Haar hatte mir etwas anderes suggeriert. Ich war fast ein wenig verblüfft, ich hatte ihn für gleich alt gehalten, aber er war viel älter. Wir nickten uns zu, er wünschte mir nur knapp alles Gute. Sie stiegen in den Passat, Dr. Heppner gab Gas.

Ich fand meinen Weg vom Hafen zum verfallenden Teatro Cervantes, hinter dem sich über ein Abbruchgrundstück eine schmale Treppe hoch in die Oberstadt schlängelte, eine manchmal von Abfall oder Fischresten glitschige Abkürzung. Als ich vor dem verfallenden Bau stand, überlegte ich noch, ob es sich vermeiden ließe zu lügen. Schließlich war da ein Risiko, daß die Lüge – aus welchen Gründen auch immer – eines Tages herauskommen würde. Dann wäre ich als Wissenschaftler erledigt.

Der Anstieg über die Treppen war genau das Richtige, um einen deutlichen Anflug wilder Panik und beklemmender Enge des Herzens, die mich bei dieser Vorstellung erfaßt hatten, in Bewegung aufzulösen. Ich bin ein Jogger, war umständehalber die letzten Wochen aber gar nicht gelaufen. Der mich überkommende Sprint über die Treppen war herrlich, auch wenn er an gewaltigen, nach Aas riechenden

Müllbergen vorbeiführte, auf denen sich dürre Katzen ihr Abendessen suchten.

Nachdem ich, glücklich schnaufend, oben an der Rue Velasquez anlangte, ging ich an dem Haus vorbei, in dem das Appartement lag, um noch weiter oben, am Boulevard Pasteur, in einer Teleboutique mit Susanne zu telefonieren. In Tanger war es kurz vor acht Uhr abends. Nach dem Freitagsgebet wimmelte es von Menschen auf den Straßen, besonders auf der Place de Paris, wo man am Tage und bei gutem Wetter im entfernten Blau der Meeresstraße die Südspitze Europas schimmern sah. Auf der anderen Seite des Boulevards zogen sich Straßen mit Nachtlokalen und Rotlichtbars weiter den Berg hoch. Folgte man der vierspurigen Hauptverkehrsader Tangers, so gelangte man rechts zur Medina.

An der Ecke befand sich ein Stand mit CDs, und so war die von Leuten wimmelnde Teleboutique daneben erfüllt von der neuesten Produktion arabischer Popmusik. Es herrschte ein Heidenlärm, in jeder Kabine schrie ein anderer gegen das Geschrei der übrigen an. Eine gläserne Kabine direkt an der Scheibe zur Straße war gerade frei, und ich beeilte mich, mir einen 100-Dirham-Schein in Kleingeld wechseln zu lassen, in zehn silbrige Zehner. Ausreichend für ein längeres Gespräch mit Susanne und ein kürzeres mit Manfred, den ich bestimmt noch irgendwo in der Weltgeschichte auf seinem Handy erreichen würde.

Zwar stand mein Entschluß mittlerweile fest, ich würde lügen, aber ich war mir noch nicht klar darüber geworden, inwieweit ich Susanne tatsächlich einweihen sollte. Darin spielte Mißtrauen ihr gegenüber keine Rolle, ich vertraue ihr bedingungslos. Doch hatte unsere Familie, die ja im täglichen Leben vor allem auf Susannes Schultern ruhte, ohnedies schon Probleme genug. Es war nicht nötig, ihr auch noch Kopfzerbrechen über eine kleine, aber wesentliche Mogelei im akademischen Betrieb aufzubürden. Ich würde das alleine übernehmen. Unsere Nummer war besetzt. Auch bei Wahlwiederholung nach einer guten Minute.

Ich hängte ein, die Münze fiel in den Rückgabeschacht, ich zögerte jedoch einen Moment, sie herauszunehmen. Eine junge Frau stand unmittelbar vor meiner Kabine und blickte mich an. Sie trug enge schwarze Jeans, ein schwarzes Top und eine weiße Bluse mit einer kleinen roten Handtasche, ihr Teint war ziemlich dunkel und vollkommen makellos, ihre großen braunen Augen hatte sie grell geschminkt, und ihre Lippen glänzten, als wären sie aus Zuckerguß. Ihre Haare waren eine schimmernde schwarze Welle gekräuselter Locken. Sie lächelte mich an, dann sah sie zu Boden, ich betrachtete sie verblüfft, und kurz bevor ich wieder wegblicken wollte, sah sie mir mit einem Mal direkt ins Gesicht. Ihr Ausdruck war bestürzend – während um sie herum die Leute kamen und sich aneinander vorbeizwängten, Geld gewechselt wurde und über allem die dahinjagende Musik von nebenan heulte und wollüstig aufstöhnte, um sich wieder in der Endlosigkeit des Ornaments zu verlieren – während also das ganze nächtliche Tanger zu pulsieren schien, war sie die einzige Person in Ruhe, und ihr Blick war das Zentrum. Zu sagen, daß ich sie schön fand, würde es nicht treffen, sie war einfach überwältigend – und sie sah aus wie Susanne. So wie Susanne ausgesehen hatte, bevor sie mich traf. Bevor unser gemeinsames Leben angefangen hatte, vor den Kindern… mir war auf einmal zum Heulen zumute.

Ich faßte in den Münzschacht, die Münze war weg, mußte wohl auf den Boden gefallen sein, ich konnte sie allerdings nicht finden. Als ich wieder nach draußen sah, stand da nicht mehr die junge Frau, sondern ein kleingewachsener dicker Mann in der Dschellaba und fächelte sich mit einer Zeitung Luft zu. Ich muß ihn wohl ziemlich entgeistert angeschaut haben, jedenfalls starrte *er* entgeistert zurück.

Ich warf eine andere Münze ein, wählte unsere Nummer, Freizeichen. Schon nach dem zweiten Mal ging jemand dran, aber es war nicht Susanne. Benno. So aufgeregt, daß er kaum sprechen konnte.

»Papa!«, schrie er ins Telefon, »ich muß dir was sagen: Wir haben Geld gefunden und…«

»Was? Gib mir mal die Mama…«, sagte ich, durch den Lärm in der Teleboutique verstand ich kaum ein Wort von Bennos aufgeregter Suada. Angesichts der Uhrzeit, in Berlin war es schon nach zehn, herrschte dort offensichtlich gerade der Ausnahmezustand.

Susanne erklärte mir dann, mit jener staunenden Skepsis, die sich ihrer stets in wahrhaft stolzer Bewunderung der Pfadfindertaten unseres Großen zu bemächtigen pflegt, daß sie heute vormittag alle zusammen auf der Bank gewesen seien, um die Kontoauszüge zu holen (»Gott, Christian, frag bloß nicht, was der letzte Stand ist«, lachte sie), und während sie mit der kreischenden Friederike im Kinderwagen am Drucker stand, habe Benno Geld gefunden, das jemand im Automaten vergessen habe. Er habe keinen

Augenblick gezögert und darauf bestanden, das Geld sofort abzugeben.

Dann wollte Benno, der vorher auch schon mit der Oma in Oldesloe telefoniert hatte und der extra aufgeblieben war, um auch mir genauestens zu berichten, wieder ans Telefon und beschrieb mir, wie er das Geld gefunden hatte (»Fünfhundert!« – eine Summe, die ich in den letzten Jahren kaum einmal zu Gesicht bekommen hatte), wie er den Schatz in Verwahrung genommen und dann zusammen mit Mama und Fritzi gewartet habe, bis die Bank geöffnet hätte. Dann hätten sie das Geld abgegeben, und er, Benno, der ehrliche Finder, würde – sobald der Eigentümer ausfindig gemacht sei – eine Belohnung bekommen, habe man ihm auf der Bank gesagt, 25 Euro! Stell dir mal vor, soviel! Und das sei so fantastisch, weil die Fünfundzwanzig hätten ihm gerade noch gefehlt, um das Piratenschiff von Playmobil zu erwerben – das wir ihm zu seinem Geburtstag im Juni verweigert hatten, und von dem er seit Monaten fieberartige Sehnsuchtsträume hatte. Benno Heddersen. Unser Junge.

Dann sprach ich noch kurz mit Susanne, sie fragte, wie jeden Abend, wie es mir gehe, und ich sagte ihr, daß alles in Ordnung sei und es mir gut hier gefalle. Meine Stimme wurde heiser. Da fragte sie mich ganz bestimmt, was los sei, und ich sagte, daß ich jetzt Schluß machen müsse, weil ich noch Manfred anrufen wolle und nicht mehr soviel Kleingeld hätte, gute Nacht.

Mir zitterte der Arm, als ich die verbliebenen Münzen in das Telefon warf und Manfreds Handy anwählte. Es knackte, klingelte dreimal. Dann ging er dran. Natürlich, immer erreichbar. Er war gerade erst in Berlin gelandet, ein fürchterlicher Flug von New York lag hinter ihm, und er war – wie immer unter solchen Umständen – glänzender Laune.

»Wenn wir dich das nächste Mal rüberschicken, dann besorg ich dir persönlich einen Air-France-Flug, das muß man einfach mal mitmachen, so ein Desaster. Mensch! Unser Mann in Nigeria! Wie läuft's denn bei euch da unten? Was macht Kiong?«

»Kiong?«, fragte ich, als hätte ich noch nie davon gehört.

Es war seltsam, weil ich plötzlich auflachen mußte. Ich dachte an Benno, und das Toben um mich herum wurde ganz sanft. Mein Herz schlug so weit entfernt und unabhängig von meinen Gedanken und Gefühlen, als liefe ich Marathon. Alles war glasklar, einfach strukturiert.

»Kiong ist tot.«

Dann fiel das letzte Geldstück ins Nirvana, und bevor die Leitung abbrach, hörte ich noch einen der typischen, irritierten Schnaufer Manfreds, unterlegt von einer weit entfernt hallenden Durchsage auf dem Flughafen.

Ich verließ die Teleboutique. Während ich mich über die schmale Place de Paris der Medina näherte, hörte ich den leiser werdenden Sound des CD-Händlers in meinem Rücken, bis die Musik nur noch aus so leisen Fragmenten bestand, daß sie im Lärm der Straße unterging, von einem Schritt zum nächsten, ein Moment vom atomaren Gewicht eines Atemzugs.

In der Medina wimmelte es von Leuten, die letzte Einkäufe tätigten. Ich nahm den Eingang zum Fleischmarkt, wo die

Schlachterburschen bloß noch dabei waren, die Stände abzuspritzen und die Rinnsale aus Blut und anderen Körpersekreten in die Kanalisation zu spülen. Nur bei einem Metzger drängten sich noch Menschen, ganz offensichtlich waren es sehr arme Leute, die mit überaufmerksamen Blicken das Geschehen hinter der Theke verfolgten – der Metzger, ein großer, stämmiger Mann, zerlegte vor ihren Augen einen herabhängenden Hammel, der kurz zuvor geschlachtet worden sein musste, man sah, daß gerade erst Blut geflossen war.

Ich blieb stehen, ergriffen von der reinen, fast noch pulsierenden Unversehrtheit des aufgebrochenen Körperinneren des riesigen Tieres. Ein alter Mann faßte mich recht grob am Ärmel, sagte etwas auf Arabisch, und da ich nicht reagierte, radebrechte er auf Französisch, »C'est l'homme de mouton!« Dann brach er in ein krächzendes Gelächter aus, daß die Zahnstümpfe in seinem aufgerissenen Mund wild auf und ab tanzten.

Ich fand den unteren Ausgang aus der Medina, kam noch einmal am Hafen vorbei, nahm diesmal aber einen anderen Weg, vorbei am American Center, das wie eine Burg in den steilen Fels gebaut war. Die Straßen wurden merklich unbelebter. Ich erreichte das Haus, stellte erleichtert fest, daß der Schlüssel sperrte, und betrat ein großes, aus weißem Marmor gebautes Treppenhaus, dessen blütenweiße Reinheit inmitten einer schmutzstarrenden Großstadt mich anrührte, wie ein nach mühsamem Aufstieg endlich erreichtes, jungfräuliches Schneefeld. Die schwere, mit einem Eisengitter verstärkte Glastür fiel mit einem gigantisch nachhallenden Rumms ins Schloß. Stille.

Über die gleichfalls aus weißem Marmor gebaute Treppe ging ich in den dritten Stock. Gonzales. Die Wohnung gehörte einem Freund Giovannas, einem spanischen Uralt-Hippie und Sardinen-Dosen-Imperiums-Erben, der sie sich als Fluchtresidenz vor dem Zugriff seines Franco-freundlichen Vaters eingerichtet hatte. In den letzten Jahren war es ihm schlecht gegangen, und er war nicht mehr in Tanger aufgetaucht. Giovanna, die sein vollstes Vertrauen genoß, hatte schon seit vielen Jahren die Schlüssel und die Erlaubnis, nach ihrem Gutdünken Besucher dort unterzubringen. Da er keine Nachkommen hatte, so hatte Giovanna durchblicken lassen, würde sie die Wohnung vermutlich erben – »meine Rente!«, hatte sie einmal lachend, aber mit düsterem Blick gesagt, und dann – das fiel mir tatsächlich erst jetzt wieder ein, als ich dabei war, die drei unterschiedlichen Türschlösser zu öffnen –, daß Alejandro damals keine Kinder hatte haben wollen und so alles zwischen ihnen zerronnen sei.

Die Wohnung faszinierte mich vom Augenblick an, in dem ich sie betrat, doch brauchte ich eine ganze Weile, um herauszufinden, was mich an der Zusammenstellung der Möbel und Bilder, der Bücher und der Küche so packte, daß mir die ganze Zeit Schauer über den Rücken liefen, so schön und spannend kam mir alles vor. Beunruhigend vertraut, fast unheimlich.

Ich öffnete die Tür zu dem kleinen Balkon am Wohnzimmer, die Straße ergriff sofort Besitz von der Wohnung, und dann sah ich mir die Bücher an. Alte Ausgaben auch mir größtenteils zumindest dem Namen nach bekannter Autoren in spanischer Sprache. Der Don Quijote des Cervantes und das Aleph von Borges waren da, Hemingway, W.H. Auden, Kerouac, Sartre und schließlich auch, und damit löste sich das Rätsel, drei gewaltige, großformatige Bände: Jahresalmanache aus den Jahren 1966, '67 und '68. Reflexartig nahm ich den mittleren Band heraus, 1967. Ein amerikanischer Verlag. Die Weltsituation des fraglichen Jahres wurde unter Stichwörtern zu Politik, Sport, Kultur und Wirtschaft dargestellt.

1967 wurde ich geboren, und während ich von »Angola« über »Elektronische Datenverarbeitung« und »Schach« bis zu »Zauberkunst« blätterte, begriff ich mit einem Mal, daß das Appartement wahrscheinlich in genau jenen Jahren um meine Geburt herum eingerichtet worden und seitdem unverändert geblieben war – es wurde von Giovannas Laufburschen gereinigt, sonst nichts, ja, es war ein Museum und bot jeden Abend wieder, jedem Besucher aufs Neue einen ungetrübten Blick in die Vergangenheit vor knapp vierzig Jahren. Zwischen den Einträgen »Oregon« und »Oroville« hatte jemand auf ziemlich brutale Weise eine Seite herausgerissen.

Die Vertrautheit der Farben an den Wänden, die braunen Polstermöbel, die immer noch tadellos aussahen, berührten mich aus fernster, doch gleichzeitig realster Vergangenheit, meiner eigenen frühesten Kindheit. Als befände ich mich in einer materiellen Resonanzwelle, zurückgeworfen an den Anfang, doch immer noch da. Ich schenkte mir einen kleinen Ballantine's ein, holte mir ein wenig Wasser aus dem Bad, setzte mich mit dem Jahresalmanach und dem Drink auf den Balkon, trank auf das Wohl meines Sohnes, der mich vor dem größten Fehler meines Lebens bewahrt hatte, und blätterte den Band im funzelnden Licht der Straßenlaternen durch.

So saß ich dort, bis die Amöben aus dem Leitungswasser in meinem Drink, die den Alkohol offensichtlich überlebt hatten, sich in meinem Magen so heimisch fühlten, daß wir – mein Körper und ich – uns gezwungen sahen, uns lachend von ihnen zu trennen. Oh Doc!

Danach war ich durchgeschwitzt und völlig fertig, fühlte mich aber gleichzeitig glücklich, wie neugeboren. Ich ging zurück auf den Balkon und blieb dort, bis die Müllabfuhr unten auf der Straße anfing, auch an diesem Morgen den Weltrekord im Scheppern zu brechen. Ein paar Regentropfen fielen vom Himmel und besprengten das Pflaster. Die Nacht war vorüber.

Der Alte im grünen Gewand und die Kappe des Chauffeurs

»Der Liebende (…),
er gleicht dem Leder, das die Sonne gerbt.
Taucht er ins Meer auf der Suche nach der Perle,
ist er selbst eine Perle, unschätzbar, einzigartig.«

Rumi, persischer Dichter, 13. Jahrhundert

In der Dämmerung verließ die Dottoressa Grabi ihr nächtliches Haus, um wie jeden Morgen mit ihrer Umhängetasche nach Gadir hinabzugehen, einem kleinen Fischerhafen an der Nordküste Pantellerias. In Gadir war einst ihre Praxis gewesen, die sie – da kein Nachfolger zu gewinnen war – bis zu ihrem siebzigsten Geburtstag betrieben hatte. Nun waren die Räume unten auf der Piazza, in denen schon ihr Großvater praktiziert hatte, verwaist. Khamma, Sopra-Gadir, die paar verstreuten Dammusi und Gadir selbst wurden nun von Pantelleria-Stadt aus versorgt, wo ein jüngerer Kollege aus Messina die Praxis von Dottore DiSalva übernommen hatte, Gott hab ihn selig. Wie man allerdings hörte, war der neue Arzt bislang nicht gerade durch große Kompetenz aufgefallen und hatte wohl manchmal schon mittags die Fahne des indiskreten Trinkers; seine Frau war angeblich in Messina geblieben. Alleine auf Pantelleria zu leben war nicht einfach. Es war der windigste Ort des ganzen Mittelmeers, und wer nicht einer der echten eingeborenen Panteschi war, kapitulierte irgendwann vor dem Zusammenspiel der drei Winde, die sich auf dem kahlen, schwarzen Rücken der Insel ihr einziges gemeinsames Stelldichein gaben: der notorische Tramontana aus Norden, der Grecale aus Osten und schließlich der Scirocco aus dem Süden. Dieser heiße Wüstenwind hatte tatsächlich erst vor ein paar Tagen, nach einer ungewöhnlich langen Pause, wieder angefangen, seinen Staub in jedes Eck zu tragen, die Leute mit seinem heißen Geflüster anzustacheln und ihnen auf die Nerven zu gehen.

Da die Dottoressa, abgesehen von der Zeit ihres Studiums in Bologna, niemals an einem anderen Ort gelebt hatte, war sie den Winden wohlgesonnen, als Kind hatte sie die verwirrten nächtlichen Alpträume, die ihr das beständige wirbelnde Heulen und heiße Atmen der miteinander ringenden Luftströme im Hochsommer eingaben, so manches Mal genossen. »Cavallo caldo«, »das heiße Pferd«, hatte sie den Scirocco immer genannt.

Nach einer kurzen Weile erreichte sie den Eingang von Gadir und nahm den Weg zum Hafen, den die meisten mittelgroßen Fischerboote schon verlassen hatten. Niemand war zu sehen. Die heißen Quellen, die in einem eigens mit Stein eingefaßten Teil des Hafenbeckens emporstrudelten, taten dies an jenem Freitagmorgen ebenso leidenschaftlich und mit derselben flüsternden, brodelnden Intensität, die die Dottoressa schon als Mädchen fasziniert hatte. Sie blieb einen kleinen Moment stehen, dann ging sie weiter auf die kleine Straße, die etwas hinan, zum Leuchtturm von Punta Spadillo führte. Der kleine Weiler am Ortsausgang von Gadir war schon seit langer Zeit verlassen, nur weiter oben hauste noch der verwirrte Cavalliere Rosanna mit seiner

Katze und zwei Ziegen. Die Dottoressa ging ungern an den langsam verfallenden Gebäuden vorbei, aber wenn sie es tat, dann vermied sie es, die verfluchte Stelle anzusehen, an der man Sebastiano damals gefunden hatte, vor mehr als dreißig Jahren.

Seitdem hatte sich aus vielen Ortschaften der Insel das menschliche Leben zurückgezogen, wie eine seltene Orchidee vielleicht verschwindet – auf die eine oder andere Weise und aus den verschiedensten Gründen waren dieses Haus und jener kleine Bauernhof aufgegeben und von seinen Bewohnern Richtung Sizilien oder sogar Italien verlassen worden. Zurückgeblieben waren ein paar Fischer, diejenigen, die in den wenigen Hotels an der Westküste arbeiteten, die Alten, wie die Dottoressa Grabi selbst, und natürlich die Beamten der Küstenwache.

Auf dem Leuchtturm hatte ein Trupp Techniker vor einer Weile ein Radar installiert, Teil eines – wie sie im kommunalen Gemeindeblatt gelesen hatte – neuartigen *Sistema Siva* oder so ähnlich, das die Spanier vor ein paar Jahren entwickelt hatten und das dazu diente, die Boote noch früher, auf dem offenen Meer zu entdecken, um, wie es hieß, mehr Flüchtlinge retten zu können.

Die Dottoressa Grabi, die den Strand am Fuße des Leuchtturms seit ihrer Kindheit kannte, brauchte kein Radar, um zu wissen, wann Flüchtlinge unterwegs waren. Schon immer waren an jener schwarzsandigen, von messerscharf geschliffenen Vulkanklippen umstandenen Bucht die Kopftücher, Schuhe und sonstigen Habseligkeiten angespült worden, die den Passagieren zwischen Afrika und dem Festland verlorengegangen waren. Früher, als sie noch ein Kind war, war solches Treibgut sehr selten gewesen. Immer wenn sie etwas mit nach Hause brachte, dann erdachte sich ihr Großvater zum Schlafengehen ein Märchen für sie, das – oft auf höchst verschlungene Weise – die Geschichte der Fundstücke erzählte.

Da ihr Vater dagegen war, daß sie wie eine Streunerin die verlorenen Dinge anderer Menschen mit nach Hause brachte, trug sie jedes einzelne Stück am nächsten Tag zu einer kleinen Höhlung hinter dem Leuchtturm, wo sie die verlorenen Dinge verbarg wie einen Märchenschatz. Nun, da auch ihr Vater schon lange das Haus der Familie Grabi in Sopra-Gadir verlassen hatte, gab es keinen Grund mehr, die Funde zu verstecken.

Im Laufe der Jahre hatte sie gelernt, das immer häufigere Auftauchen dieser Treibstücke zu lesen wie eine Schrift aus Zeichen, die die nächtlichen Ereignisse auf den für die Überfahrt solcher Gewässer oft gänzlich ungeeigneten Kuttern und Schlauchbooten dem schwarzen Sand ihres Strandes einprägten. Sie wußte, wann wieder irgendetwas im Inneren des afrikanischen Kontinents den Druck steigen ließ und die Leute vermehrt auf die Schiffe trieb; die Treibstücke der Flüchtlinge kamen dann in Wellen, erreichten einen Höhepunkt und verebbten wieder. Vor dreißig Jahren waren es zwei oder drei solcher Schübe pro Jahr gewesen; inzwischen traten sie monatlich auf.

Es war kurz vor sechs Uhr, als die Sonne aufging, doch war es so bewölkt, daß sich zunächst nur ein grau-oranges Schimmern am Horizont zeigte. Die Winde frischten noch einmal auf, nestelten am Kopftuch der Dottoressa und ließen sie einen Moment schwanken, als sie hinter einem kleinen Felsen etwas auffällig Rotes entdeckte und sich zu schnell drehte. Sie war selbst ganz überrascht davon, wie schwindlig ihr wurde – dann schüttelte sie den Kopf, lachte über sich selbst und bückte sich. Es war eine Sportkappe mit breitem Schirm aus leuchtendem rotem Stoff. Vorne drauf ein aufwärts geschwungener, optimistischer Haken, weiß abgesetzt. Sie hatte dieses Symbol schon einige Male gesehen.

Die Dottoressa hob die Kappe auf, schüttelte und klopfte sie ab, um sie vom schwarzen Sand zu befreien, und betrachtete sie, bevor sie sie in ihre geflochtene Umhängetasche steckte. Sie sah – naß und schmutzig, wie sie war – immer noch sehr neu aus. Ein seltsam freudvoll funkelnder Gedanke überkam die Dottoressa und begann, sich mit dunkler, ahnungsvoller Stimme auszuspinnen. Dann wurde ihr noch einmal schwindlig, aber eher wie nebenbei und auch nur solange, bis sie von sanfter Dunkelheit umhüllt war. Daraus, daß es zwischen ihren Zähnen knirschte, folgerte sie, daß ihr Kopf wohl auf dem schwarzen Sand ruhte. Kurz versuchte sie, sich zu rühren, aber sie hätte darüber gelacht, wie wenig sie noch vollbringen konnte, wenn sie noch hätte lachen können. Die Winde überdeckten jedes andere Geräusch, es war, als ob sie die Dottoressa beschützen würden, ebenso kraftvoll wie zu jedem Augenblick, seit sie auf der Welt war. Das Leben drängte sich in unbefleckter Frische an sie heran und war dabei so stürmisch und liebend ungestüm, daß ihr nur noch eines blieb – zu lächeln.

Ein in der Nacht vor der Küste gekentertes Schlauchboot machte den Besuch einiger Mitarbeiter des Sive-Überwachungssystems am Leuchtturm notwendig. Sie entdeckten die Dottoressa gegen 10 Uhr. Sie war am Strand zusammengebrochen, in ihrer Hand die rote Mütze. Man wußte, daß sie in den letzten Jahren ein wenig sonderlich geworden war, und niemand sah einen Grund, ihr letztes Fundstück zu erwähnen.

Die leuchtend rote Baseballkappe mit Nike-Symbol – eine Fälschung aus chinesischer Produktion – gehörte einem jungen Mann mit dem Namen Yannik Issa Ousmane aus dem Ort Gaya am südlichen Niger, wo der Strom die Grenze zum Benin markiert. Die Mütze war ein Abschiedsgeschenk seines Cousins Mohammadou gewesen, als der vor knapp zwei Jahren vorausgegangen war, genauer, in eine große Stadt im Norden, Berlin, die Hauptstadt Deutschlands. Der Pionier trug selbst die gleiche Kappe, nur in Gelb, und hatte sie seinem Cousin als Zeichen ihrer Verbundenheit geschenkt. Yannik hütete sie wie einen Schatz.

Zehn Stunden vor den Geschehnissen um Pantelleria herum befand sich Yannik ziemlich genau achtzig Kilometer weiter südwestlich, auf der Kap Bon benannten tunesischen Halbinsel. Zusammen mit seiner jüngeren Cousine Lina war er fast zweitausend Kilometer gereist, um hier die langersehnte Überfahrt nach Europa zu vollenden.

Die Reise von Lina und Yannik ans Mittelmeer hatte an einem staubtrockenen, heißen Tag vor ein paar Wochen begonnen, von Niamey aus, der Hauptstadt des Niger, wo Yannik in den letzten Jahren an der Universität Abdou Moumouni studiert hatte, um dann nach seinem Abschluß als Ingenieur der Radiotechnik, ebenso wie die Jahre zuvor, als Chauffeur eines örtlichen Fuhrunternehmens zu arbeiten. Eigentlich kein schlechter Job, außer wenn der Fuhrunternehmer wieder einmal vergessen hatte, die Republikanische Garde und den Zoll in Gaya zu schmieren. Dann mußte man sich einiges einfallen lassen, um seine Lieferungen sicher in die Hauptstadt zu bringen. Aber da Yannik selbst aus Gaya stammte und einen entfernten Verwandten in der Finanzverwaltung hatte, konnte er diese Schwierigkeiten meistens aus dem Weg räumen, es ging nur darum, daß sich die Fahrt zumindest noch auf irgendeine Weise lohnte. Normalerweise bot die mehr oder weniger freie Verfügung über den dreißig Jahre alten Lastwagen, einen unverwüstlichen Mercedes 16-Tonner mit 240 PS, vielfältige Möglichkeiten, mit anderen ins Geschäft zu kommen. Jeder Kubikzentimeter Ladefläche, der Platz in der Führerkabine und manchmal sogar das luftige Plätzchen auf dem Dach desselben mußte er nutzen, um neben der offiziellen Lieferung ausreichend andere Güter, Personen oder Tiere zwischen Niamey und Gaya zu transportieren. Da er, den Gepflogenheiten im Niger entsprechend, kein festes Gehalt bekam, war er auf die Einnahmen aus seinen Gelegenheitsgeschäften angewiesen, um seine Unterkunft in Niamey zu bezahlen, Lebensmittel zu kaufen und ein wenig zu sparen. Und er konnte noch froh sein, daß der Fuhrunternehmer keinen Anteil am Benzin berechnete. In jüngster Zeit allerdings gab es immer öfter Ärger – in den Küstenstaaten im Südwesten ging es drunter und drüber, und immer mehr Leute machten sich auf den

Weg nach Norden, und der führte nun einmal über Gaya. Dadurch wurden die Zöllner nervöser und dreister, und das Ergebnis war, daß man den Lastwagen in Gaya eigentlich keine Minute mehr aus den Augen lassen durfte und man jeden Augenblick wieder mit einer neuerlichen Komplikation rechnen mußte.

Zu allem Überfluß kam eines Tages Anfang August, kurz bevor Yannik mit einer großen Ladung Stahldraht zurück nach Niamey aufbrechen wollte, auch noch Lina, seine Cousine, und teilte ihm mit, daß sie mit ihm in die Hauptstadt kommen wolle. Sie hatte drei große Taschen dabei. Yannik, der keinen Platz mehr frei hatte, war alles andere als begeistert, aber Lina bestand darauf, und also komplimentierte er in langwierigen Verhandlungen einen alten Bekannten nach hinten auf die Ladefläche, wo der es sich fluchend auf der großen Drahtrolle bequem machte. Er war sauer, weil er nicht mit den anderen zusammen Radio hören konnte, wo eine Übertragung des Pokalendspiels lief, Olympic FC aus Niamey gegen Alkedi Nassara, der Überraschungsmannschaft aus Zinder.

Neben einem greisen Ehepaar saßen noch vier andere Passagiere und drei Hühnchen im Korb vorne in der Kabine. Lina zwängte sich neben Yannik auf die Sitzbank.

Für die knapp zweihundert Kilometer von Gaya nach Niamey brauchten sie fast sieben Stunden, und während der ganzen Zeit war aus Lina kein vernünftiges Wort herauszubekommen. Als sie in Dosso, ungefähr auf der Hälfte der Strecke, Station machten, verschwand sie für zwanzig Minuten. Eine alte Frau raunzte Yannik an, diese Art von Benehmen komme ihr recht bekannt vor. Yannik wußte nicht, was sie meinte, fragte nach, aber die alte Frau schien beleidigt, vielleicht weil sie dachte, er mache sich über ihren breiten Dendi-Akzent lustig, und sagte gar nichts mehr. Ein paar Leute feierten den Sieg von Olympic und tranken Palmwein. Yannik konnte einer Polizeistreife, die gerade über den Markt kam, nicht die erforderliche Bestätigung der Caisse Nationale de Sécurité Sociale vorweisen und wurde zwei der mitgeführten kaputten Kofferradios los, die er von der Elfenbeinküste geliefert bekam und in Niamey – nachdem er sie repariert hatte – immer an einen Touareg aus dem Air-Gebirge verkaufte. Dann konnten sie weiterfahren.

In Niamey gestand Lina ihm am nächsten Tag, daß sie schwanger sei, aber sie verweigerte ihm jede Auskunft über den Vater. Sie war gerade zwanzig geworden, hatte in einer Krankenstation des Roten Halbmonds eine Ausbildung als Krankenschwester hinter sich gebracht und lebte neben dem Krankenhaus in einem Wohnheim, das das Geschenk eines Saudi-Arabischen Prinzen war. Es war klar, daß sie in ihrer Lage nicht dorthin zurückkehren konnte; aber auch eine andere reguläre Arbeit würde sie nicht finden. Lina weinte, wenn Yannik aus dem Haus ging, und wenn er spätnachts oder am nächsten Tag wiederkam, weinte sie immer noch. Dazu kam, daß der Fuhrunternehmer in einen ernsthaften Zwist mit einigen wichtigen Leuten in Niamey verstrickt zu sein schien. Yannik hatte nur noch Ärger.

Yannik, Lina und Mohammadou waren die Erstgeborenen ihrer Eltern und wie üblich den Großeltern überlassen worden. Ihre Großmutter war bei der Cholera-Epidemie vor zwei Jahren gestorben. Mohammadou, der Älteste, war daraufhin nach Europa gegangen. Er fehlte Yannik schrecklich. Als Yannik ihn von einer aus Brettern zusammengebauten Call-Boutique schräg gegenüber der vor sich hinbröckelnden Universität auf seinem Mobiltelefon anrief und ihm die Lage schilderte, wußte ihm auch Mohammadou keinen Rat, außer dem einen, nämlich das Land mit Lina so schnell wie möglich zu verlassen.

Mit dem Touareg, dem er die Radios verkaufte, einem jungen Mann mit Namen Vidal, hatte er schon oft über die Route nach Norden, durch die algerische Sahara, und weiter nach Tunesien ans Meer gesprochen. Tunesien war nur eine Handbreit von Europa entfernt. Doch noch sah er keine Möglichkeit, wie sie es hätten schaffen können.

»Geduld ist die Medizin der Welt« – das hatte ihr Großvater immer gesagt, aber wenn es damit an Yannik gewesen wäre, hätte die Welt wohl niemals mehr gesunden können. Vielleicht war es aber auch anders, war Ungeduld die eigentliche Tugend und ein Ausweg aus der Sackgasse ihr Lohn. Linas Bauch übrigens – ob sie Geduld hätten oder nicht – würde nicht warten zu wachsen. In ein paar Monaten wäre es zu spät, und sie würden gar nicht mehr reisen können.

Dann – während Yannik mit dem Laster wieder einmal in Gaya war, um eine große Ladung Getreidesäcke zu transportieren – geschah es, daß man den Fuhrunternehmer mit durchschnittener Kehle auf seinem Hof liegend auffand. Die Steuerbehörden versuchten, den Fuhrpark sicherzustellen. Yannik hörte früh genug davon, so daß er den Wagen nach seiner Rückkehr nach Niamey bei einem Freund am Stadtrand verstecken konnte. Er kaufte sich von seinen Ersparnissen ein altes Mobiltelefon von Nokia und drei große Telefonkarten von AFRIKA-KOM2, holte Lina ab, und noch in derselben Nacht machten sie sich auf den Weg nach Agadez, der Hauptstadt der Touareg. Er verkaufte die Ladung an einen Onkel von Vidal. Der half ihm auch dabei, einen Käufer für den Laster zu finden. Der Mercedes brachte dreitausend Dollar. Bis zur algerischen Grenze reisten sie mit einem zwielichtigen Belgier, den die Entwicklungshilfeindustrie der achtziger Jahre nach Afrika gebracht hatte und der sich jetzt mit Hilfe seines Geländewagens über Wasser hielt, indem er Kontakte zu den Schleusern an der algerischen Grenze herstellte.

Die Reise durch die Wüste lehrte sie beide das Fürchten. Tagsüber mußten sie sich oft verstecken, kauerten in der Hitze hinter irgendwelchen Felsen oder provisorischen Zeltlagern jenseits der libyschen Grenze, die manchmal in Windeseile geräumt werden mußten. Bis es dann wieder weiterging, waren sie oft völlig erschöpft, es gab immer zu wenig Wasser, die Lastwagen und Transporter, mit denen sie unterwegs waren, wurden immer voller, je weiter sie nach Norden kamen. Leute aus den entferntesten Gegenden, die Yannik und Lina nur dem Namen nach kannten, reisten mit ihnen. Jeder sprach eine andere Sprache, ohne Französisch hätten sie sich nicht mehr verständigen können. Einmal – schon nahe der tunesischen Grenze – mußten sie erleben, wie ein Teil ihrer Reisegefährten verhaftet wurde. Man erzählte sich die schlimmsten Geschichten von den Zuständen in den Lagern – die algerische Polizei genoß den Ruf fürchterlicher Brutalität. Aber Yannik hielt die Augen auf, und Lina, der es oft ziemlich schlecht ging, folgte ihm ohne größere Widerworte, nur manchmal kam es zu kleineren Streitereien, die aber – im Vergleich zu früher – harmlos waren. Eines Abends gestand ihm Lina überdies, daß das Kind von einem der Ärzte im Krankenhaus in Gaya sei, einem Christen, der ihr, als sie sich ihm erklärte, zu verstehen gab, daß sie nun auf keinen Fall länger unter ihm arbeiten könne. Dabei hatte Yannik das Gefühl, daß seine Cousine – trotz dessen schmählichen Verhaltens – immer noch an ihm hing. Arme Lina.

Sie hatten mehr Glück als Verstand, auch wenn es unvermeidlich zu sein schien, daß sie ein Stück ihres Gepäcks nach dem anderen loswurden – es wurde ihnen gestohlen, sie verloren Sachen bei nächtlichen Fahrzeugwechseln oder mußten es schlechtgelaunten Fahrern überlassen, die sonst keinen Grund gesehen hätten, sie weiter zu befördern, obwohl sie schon bezahlt hatten. Als sie schließlich sechs Wochen nach ihrem Aufbruch auf Kap Bon eintrafen, war ihnen an Kleidern geblieben, was sie auf dem Leib trugen. Yannik hatte noch das tapfer gegen alle Begehrlichkeiten verteidigte Geld für die Überfahrt, ungefähr 2000 Dollar, das Telefon und die rote Baseballkappe.

Kap Bon. Nach den Wochen in der Wüste glich die Halbinsel einem blühenden Garten von fast unwirklicher Schönheit. Orangenhaine und endlose Weingärten erstreckten sich über die Hänge, überall wuchsen und gediehen die köstlichsten Früchte, und die wohlangelegten Gärten der Kleinbauern in den Tälern erfreuten sie durch ihren Anblick. Morgens gingen Regenschauer nieder, und das Zittern der Tropfen auf den Blättern, bevor sie von der zärtlich gestimmten mediterranen Sonne aufgesaugt wurden, mußte einen einfach glücklich machen.

Trotzdem stieß man hier sehr oft auf Leute, denen nicht über den Weg zu trauen war. Die Reisenden aus dem Inneren Afrikas, die es bis hierher geschafft hatten, waren auf dem Sprung – Kap Bon war die letzte Möglichkeit, sich an ihnen zu bereichern, bevor sie auf dem Meer Richtung Sizilien verschwanden. Das brachte eine spezielle Sorte von Halsabschneidern hervor.

Aber Yannik hatte alles richtig gemacht. Wie der Touareg ihm gesagt hatte, war der Besitz eines Mobiltelefons absolute Voraussetzung dafür, zu einer Passage nach Europa zu kommen. Die Schmuggler arbeiteten mit einem erstaunlich feingewirkten Netz von Informanten und Zwischengliedern – wenn man sich an die Regeln hielt und nicht vorher schon ausgebootet worden war, wurde man angerufen und erfuhr die Zeit und vor allem den genauen Ort. Yannik hatte es geschafft. Heute irgendwann in den frühen Morgenstunden würde es endlich soweit sein und das Boot ablegen, das Lina und ihn nach Europa bringen würde. Jede Minute konnte sein Telefon klingeln.

Sie hatten am Rande der prächtigen Hafenstadt Kelibia, in einem weniger prächtigen Viertel, eine Unterkunft gefunden, in der Lina auf ihn wartete. Ein Mann, den er über einen Gemüsehändler aus der Stadt kennengelernt hatte, brachte ihn am späten Nachmittag auf seinem Mofa zu einer kleinen Farm außerhalb Kelibias. Dort hatte er mit Männern, die vom Balkan stammten, einen Preis ausgehandelt und bezahlt. Sie gaben ihm Bier zu trinken, und dann war es ein langes Hin und Her, erst sagten sie, es gäbe überhaupt keinen Platz, dann nur einen, aber schließlich einigte man sich. Als alles vorbei war und er sich auf den Rückweg machen wollte, war der Mann mit dem Mofa verschwunden. Also ging Yannik in der hereinbrechenden Dunkelheit zu Fuß zurück in die Stadt. Aufziehender Nebel ließ ihn besonders aufmerksam sein.

Er war sich ganz sicher, der Straße zu folgen, die sie mit dem Mofa heraufgekommen waren, aber als nach einer guten Stunde Marsch die Lichter Kelibias, vor allem die weithin sichtbar aufragende Festung über der Stadt noch immer nicht zu sehen waren, kamen ihm Zweifel. Offensichtlich war er weiter oben, an jener einen Stelle, an der sich die Straße kurzfristig in ein unübersichtliches Schotterfeld verwandelt hatte, abgebogen, ohne es zu bemerken. Er ging zurück, aber vielleicht hatte er sich die Entfernungen falsch gemerkt, es wollte ihm jedenfalls nicht gelingen, die fragliche Stelle zu erreichen. Er blieb stehen. In der Ferne hörte er den Wind durch Bäume gehen, doch sonst nichts, nicht einmal einen Hund. An das Gelände, auf dem er sich jetzt befand, konnte er sich überhaupt nicht erinnern. Er bekam es mit der Angst zu tun.

Das Knacken eines brennenden Holzscheites ließ ihn mit einem Schlag aufmerken. Weiter unten, auf der anderen

Seite der Anhöhe, entdeckte er jetzt tatsächlich den leichten Schein eines kleinen Feuers, das jemand im Schutz einer eingefallenen Mauer entfacht haben mußte. Dort würde er fragen. Auf dem Weg stellte er fest, daß alles hier von Trümmern und Mauerresten durchzogen war, die Ruinen erstreckten sich den ganzen Abhang hinab und verloren sich in der Dunkelheit. Er erreichte das Feuer. Ein uralter Mann saß mit gekreuzten Beinen davor und sah ihm beiläufig entgegen.

»Salaam Aleikum«, sagte Yannik.

»Aleikum Salaam«, gab der Alte zurück und blickte ihn mit strahlenden Augen an. »Mache mir die Freude und nimm Platz.«

»Ich weiß deine Freundlichkeit zu schätzen«, sagte Yannik und setzte sich nach einem gewissen Zögern. Das Feuer war einfach zu herrlich.

»Ich bin Khidr Elias«, sagte der Alte und lachte. Er hatte durchdringende braungrüne Augen. Das Grün war ein leuchtender Kreis, der einen braunen Kreis und die Pupille umfaßte und seinen Augen ungewöhnliche Lebendigkeit verlieh. Grün war seine Kleidung, und auch diese war – obwohl eigentlich ganz gewöhnlich – von einer seltsamen Fluoreszenz. Das Feuer schien die Quelle der grünen Strahlung zu sein, die langsam über den Sand kroch. Einen halben Meter noch, dann würde sie Yanniks Fuß erreichen.

»Gott schütze dich, ich kann dir gar nicht sagen, wie froh ich bin, dich zu treffen. Ich bin Yannik Issa Ousmane aus Gaya. Aber… sag mal, Bruder, was brennt denn da in deinem Feuer…«, denn es war ihm mit einem Mal aufgefallen, daß zwischen den Gesteinsbrocken, die der Alte zu einer winzigen Feuerstelle zusammengetragen hatte, bis auf einen einzigen dürren Stock gar kein anderes Holz lag. Und das Feuer schien das Stöckchen auch gar nicht zu verzehren, sondern über ihm tanzend aus dem sandigen Nichts zu kommen.

Der Alte strahlte ihn an, ging aber mit keinem Wort auf die Frage seines Gastes ein. So als wüßte er längst, daß Yannik sich verlaufen hatte, zwinkerte er ihm zu und wackelte auf lustige Weise mit dem Kopf.

»Einsicht und Weisheit sind bei dem Einen allein«, sagte er freudig, »sein Name sei gepriesen. Mach dir keine Sorgen – so Gott will, werde ich dich schon nach Kelibia führen.« Er lachte und begann, in den Falten seines grünen Gewandes zu nesteln.

Yannik folgte seinen Bewegungen, war aber überrascht, als der Alte unversehens eine kleine braune Kugel in den Händen hielt, die er im grünlichen Schein des Feuers drehte und auf seinen Handflächen hin- und herrollte. Dann zeigte er ihm die Kugel und lachte. Yannik zog es glühend über den Rücken, es wirkte, als sei so etwas wie ein Tropfen, eine bräunliche Ausstülpung des Raums in die Flammen gefallen und breite sich nun, durch das Feuer verwandelt, als neuerliches Fluidum aus, bliebe als flimmerndes Wabern im Sande und berührte fast Yanniks Fuß. Der Alte ließ die Kugel wieder in seinem Gewand verschwinden und lächelte ihn an.

»Wie lange hast du nichts getrunken? Ich sehe, daß dir schwindlig ist«, sagte er.

»Ich kann einen ganzen Tag ohne Trinken auskommen…«, sagte Yannik kopfschüttelnd, aber der Gedanke an Wasser fesselte ihn. Er war furchtbar durstig.

Der Alte lachte und warf Yannik in einer einzigen Bewegung einen kleinen, aber prallgefüllten Schlauch aus Ziegenleder zu. Yannik griff sofort danach, ärgerte sich kurz, seine Schwäche so deutlich gezeigt zu haben, aber dann schmeckte er schon das Wasser auf der Zunge, das so köstlich war, als hätte es der Alte gerade frisch geschöpft. Es war von einer ganz besonderen Süße, fruchtig, mit einem Hauch von Orangen. Yannik schloß für einen Moment die Augen, ließ sich in die Vorstellung hinübergleiten, wie schön es wäre, sich endlich einmal ausruhen zu können. Für eine Sekunde war es ihm sogar, als würde er träumen. Doch nicht lange, und der Gedanke an Lina und die Sorge um ihrer beider Weiterkommen kehrten zurück. Er warf den Wasserschlauch zurück, der Alte schnappte ihn mit einer einzigen Bewegung, ohne hinzusehen.

»Du mußt darauf achten, was du trinkst«, krächzte er. In seiner Faust hielt er auf einmal eine stark qualmende tönerne Pfeife. Sie sah wie ein gerade gewachsenes Horn aus und war an ihrem Ende ganz schwarz vom Rauch vieler Jahre. Der Alte ließ den Rauch aus seinen Lungen in die feuchte Luft strömen. Geflügelte Insekten tauchten auf dem Streifen nebliger Leinwand auf und verschwanden wieder in der knisternden Stille der Nacht.

»Ein guter Platz für ein Feuer«, sagte Yannik, »hier ist es wirklich herrlich. Besser kann er gar nicht liegen.«

»Ach, jeder Platz ist doch immer genau dazwischen«, sagte der Alte, »einen Fuß haben wir sowieso im Paradies und den anderen in der Hölle…«, er jauchzte leise auf und fügte dann hinzu, »ganz egal, wo wir gerade sind.«

»Das sagst du so«, sagte Yannik, und er spürte, wie er ärgerlich wurde, »aber es gibt Orte, an denen man einfach nicht bleiben kann. Das zu entscheiden, ist nicht schwer, das ist eindeutig und klar.«

»Und du weißt also immer ganz genau, mein junger Freund, wie es sich verhält? Du kannst die Wahrheit immer auf einen Schlag erkennen, und du weißt, wann du bleiben mußt und wann du zu gehen hast? Wirklich?«

»Als wir in der Wüste waren, bei Gott, irgendwo in Algerien, wir waren auf einem alten Volvo unterwegs, 12-Tonner, aber dann hielten wir plötzlich mittendrin an, es gab irgendeine Schwierigkeit, und der Algerier, der uns anführte, sagte, wir müßten die nächsten Kilometer zu Fuß gehen. Niemand wußte, wie lange es dauern würde. Wir waren vielleicht dreißig Leute, und manche bekamen Probleme mit der Hitze, vor allem Leute von der Küste, die nie zuvor in der Wüste gewesen waren. Ich bin aus dem Niger, bei mir ist das anders.

Die meisten hatte ich vor ein paar Stunden zum ersten Mal gesehen, aber einer von denen, ich glaube, er war aus Ghana, jedenfalls sprach er ganz gut Hausa, der war mir schon vorher aufgefallen. Das war noch in Agadez, seitdem reisten wir zusammen…«

Yannik erzählte dem Alten, wie der Mann aus Ghana mitten in der Einöde angefangen habe, von der Stadt zu erzählen, die vor ihnen liege. Er begann, freudig zu lachen und zu murmeln, packte seine Reisegefährten an und fragte sie, ob sie denn nicht sehen könnten, was sich in der Ferne vor ihnen ausbreite, das schimmernde Grün zahlloser Dattelpalmen, die gläsernen Kuppeln und das geschäftige Treiben auf dem Markt. Yannik schilderte, wie das anfänglich leise Gemurmel des Ghanaers lauter wurde, die abweisende und spöttische Haltung seiner Reisegefährten ihn immer mehr aufbrachte. Er schien durchzudrehen, schrie, man müsse schneller gehen, schneller, dabei war er selbst einer der Schwächsten und kam kaum hinter den anderen her. Schließlich flehte er, strauchelnd und immer weiter zurückbleibend, darum, die Stadt betreten zu dürfen, er beschrieb, was er auf dem Marktplatz sah, die Rauchwolken der Spießbratereien und die bunten Stände der Händler, und immer flehender und verzweifelter wurde der Ton seiner Stimme und seine Bitte, endlich die märchenhafte Oase betreten zu dürfen.

Yannik verschwieg dem Alten, wie die anderen vom wahnsinnig gewordenen Ghanaer langsam zermürbt wurden. Seine Wahnphantasien stiegen ihnen wie ein Fieber ins Blut. Er verschwieg, wie neben anderen auch Lina plötzlich angefangen hatte, von der Stadt zu sprechen, ein Flimmern auszumachen behauptete und ein qualvoll sich hinziehendes jammerndes Klagen anstimmte, das ihn schier zur Verzweiflung gebracht hätte. Der Algerier, der sie durch die Einöde führte, hatte sich in seinen Turban gehüllt und zu niemandem ein Wort gesprochen, er war stur weitergegangen, so als sei er fest entschlossen, jeden zurückzulassen, der von dem Trugbild daran gehindert würde, ihm weiter zu folgen. Yannik hatte Lina und den Ghanaer an die Hände genommen und sie mehr mit sich gezerrt als geführt.

Der Ghanaer hatte Yannik dann zum Dank ein paar Tage später, kurz vor der tunesischen Grenze, seine in einer fast neuen Plastiktasche untergebrachten Werkzeuge gestohlen und sich davongemacht. Aber auch das erwähnte Yannik nicht. Stattdessen blickte er dem Alten gerade ins Gesicht und sagte, daß diese Geschichte ihm – wenn es daran denn je überhaupt einen Zweifel gegeben habe – endgültig den Unterschied zwischen Wahn und Wirklichkeit gezeigt habe.

»Ich sehe klar. Es ist nicht schwer, die Wirklichkeit von einer Illusion zu unterscheiden, Gott sei es gedankt! Ich bin stark genug, die Wahrheit zu erkennen.«

Der Alte hatte den Blick gesenkt und sagte gar nichts, und auch Yannik, selbst fast ein wenig erstaunt über seine Rede, schwieg. Noch einmal zogen die Bilder aus der Wüste an ihm vorbei, der Mann aus Ghana und Lina und wie er plötzlich – selbst schon ausgelaugt, von der Sehnsucht nach der Oase ergriffen – erkannte, daß er die beiden an der Hand nehmen mußte, und zwar, weil sie schwächer waren als er. Alleine hätte er es jedoch auch nicht länger ausgehalten und sich der schönen Illusion hingegeben. Daß er die beiden hatte mitschleifen müssen, nichts anderes hatte ihm die Kraft gegeben, weiterzugehen. Der aus den Steinen hervortanzenden Flamme zusehend, begriff er plötzlich, daß seine Stärke der Schwäche der anderen geschuldet war. Daß da gar nichts Starkes war, auch er war eigentlich schwach. Er sah, daß es so war, doch löste diese Erkenntnis einen solchen Sturm durcheinanderstöbernder Bilder seines Lebens in Gaya und Niamey aus, daß er für einen kleinen Moment das

Gefühl bekam, als wäre es gar nicht mehr seines. Alles schien auf den Kopf gestellt.

Der Alte, der bis dahin geschwiegen hatte, klopfte lächelnd seine Tonpfeife aus und ließ sie in den Falten seines Gewandes verschwinden. Dann fixierte er Yannik, und obwohl er nicht aufhörte zu lächeln, war sein Blick alles andere als freundlich. So als wüsste er nun, um wen es sich bei Yannik handelte, bekam sein Tonfall etwas Geschäftliches.

»So, und du willst also jetzt nach Kelibia?«

Yannik nickte und mußte schlucken. Als erwache er aus einem Traum, erinnerte er sich beim Namen der Stadt an seine Misere, und vor allem daran, daß Lina dort auf ihn wartete. Die seltsam friedliche Stimmung, die ihn erfaßt hatte, war mit einem Schlag verschwunden. Der Alte benahm sich überdies plötzlich so merkwürdig.

»Was willst du mir geben, wenn ich dich dorthin bringe?«

»Ich kann dir nichts geben«, erschreckte sich Yannik und faßte sich unwillkürlich an die Stelle, an der sein Telefon ruhte.

»Willst du mir nichts geben, oder hast du wirklich nichts?«, fragte der Alte. Seine Stimme war so gelassen und ruhig, als frage er nach, welcher Tag gestern gewesen sei.

»Ich habe nichts, ich schwöre es – bei Gott!«, sagte Yannik so fest entschlossen wie nur irgend möglich. Er brauchte das Telefon, und er mußte damit zu Lina. Es konnte doch nicht sein, daß ihn der Alte im Stich ließ.

Der aber, kaum daß er den Schwur Yanniks vernommen hatte, sprang erstaunlich behende auf, löschte mit einer Bewegung seines Umhangs das Feuer und sagte nur, »Gut, wenn es so ist, dann wird Gott den Preis für mich aushandeln, und Gott wird mich, so er will, entlohnen. Ich bin Khidr Elias, und ich habe noch keinen ehrlichen Reisenden im Stich gelassen! Folge mir!«

Schnell wie ein Jüngling trat er aus den Ruinen und lief den Abhang hinunter. Yannik wurde himmelangst, weil er die Richtung, die der Alte einschlug, überhaupt nicht mit der Erinnerung an seinen Herweg in Übereinstimmung bringen konnte. Wenn der Alte richtig ging, dann mußte er aus irgendwelchen Gründen komplett seinen Orientierungssinn verloren haben. Dabei war der Alte weiter unten schon fast hinter Geröll verschwunden. Yannik hatte keine Wahl.

Khidr zu folgen war nicht leicht – der Alte sah jeden Stein und jede Unebenheit auf dem Gelände und wich allem aus, wie eine Ziege. Dabei flatterte sein grüner Umhang wie ein strahlendes Fähnchen umher. Yannik hatte noch nie jemanden so mühelos laufen sehen, schon gar nicht jemanden, der so alt war. Er selbst trat immer wieder daneben und mußte auf den Weg achten, dazu kam der Nebel, der alles noch einmal schwieriger machte. Er folgte ihm mit den Ohren, zwischendurch gab der Alte immer wieder knackend hohe, sirrende Laute von sich und schnalzte mit der Zunge wie ein Hirtenjunge.

Plötzlich hörte Yannik Meeresrauschen, eine Brandung, die so nah zu sein schien, als stünden sie auf einer Klippe, unter der sich die mächtigsten Wellen brächen. Der Alte kam plötzlich von hinten an ihn heran, Yannik bemerkte ihn erst im letzten Augenblick. Er schlug ihm auf die Schulter, legte den Arm auf eine seltsame flüchtige Weise um ihn und raunte ihm etwas ins Ohr:

»Wenn dein Herz nicht von der Luftspiegelung getäuscht wird, dann sei nicht stolz auf die Schärfe deines Verstandes. Deine Freiheit von der optischen Illusion beruht nur darauf, daß du nicht durstig genug warst!« Mit diesen eigentümlich klaren und gestelzten Worten stieß er ihn wieder von sich und rannte lachend davon.

»He, warte, wo sind wir?«, schrie er dem Alten hinterher, der aber keine Anstalten machte, ihm zu antworten oder langsamer zu werden, im Gegenteil, so als wolle er Yannik zwingen, ihm noch dichter auf den Fersen zu bleiben, lachte er nur einmal auf und lief schneller, und da sie inzwischen durch Oliven- und Orangenhaine kamen, wurde es immer schwieriger, ihm zu folgen. Da erkannte Yannik plötzlich weiter unten Lichter, die sich am Strand entlangzogen, und als er den Kopf nach rechts drehte, sah er zu seinem Erstaunen die prächtig beleuchtete Burg hoch über der Stadt.

Plötzlich liefen sie auf einer von zahlreichen Schlaglöchern durchzogenen Straße, die schnell unten am Meer angekommen war. Hinter einer Kurve tauchten erste Häuser auf, Yannik erkannte die Hauptstraße dieses Viertels, von der ein paar tote Enden abgingen, auch dasjenige, in dem sich, neben einem verfallenen Toreingang, das illegale Hotel befand, in dem Lina auf ihn wartete; daneben gab es ein schäbiges Café und eine Leuchtreklame für Coca Cola.

Yannik erkannte Lina schon von weitem. Sie stand neben

dem Eingang des Hotels und starrte die Straße hinunter. Sie konnte ihn nicht sehen, und er lief jetzt, so schnell er konnte. Den Alten hörte er an seiner Seite.

»Cousine! Ich bin zurück!«, schrie Yannik auf Kiong, der Sprache ihrer Großeltern, der Sprache ihrer Familie. Lina drehte sich um und breitete die Arme aus. Sie mußte viel geweint haben.

»Wo bist du nur gewesen, Issa! Wo bist du nur gewesen?«

»Ich habe mich verlaufen, aber mein Freund hier…«

Yannik drehte sich um, um Lina den alten Khidr vorzustellen, aber der war nirgendwo zu sehen.

»Wen meinst du mit *Freund*?«, fragte sie, aber Yannik antwortete ihr nicht. Denn fast im gleichen Augenblick, in dem er Khidrs Verschwinden bemerkte, stellte er fest, daß auch sein Telefon weg war. Er durchsuchte seine Taschen, wußte aber schon, daß er es nicht finden würde.

»Was ist?«, fragte Lina mit leiser Stimme, da sie Yanniks panischen Gesichtsausdruck nicht zu deuten verstand.

»Das Telefon ist weg. Der Alte hat mir das Telefon genommen!«

»Yannik Issa Ousmane – was für ein Alter? Was redest du! Da war niemand. Du warst ganz allein!«

Niedergeschlagen saßen die beiden die ganze Nacht in ihrem winzigen Verschlag von Zimmer. Nur einmal ging Yannik nach unten, um mit Mohammadou zu sprechen, der ihn von Berlin aus auf dem Apparat des Hotelbetreibers anrief. Er kündigte an, ihnen Geld zu schicken.

Nicht lange nachdem Yannik zurückgekehrt war, hatte es angefangen zu donnern und war starker Wind aufgekommen, der sich im Laufe der Nacht zu einem schweren Sturm über dem Meer auswuchs. Yannik erzählte Lina die Geschichte immer und immer wieder, und da sie ihm vertraute, glaubte sie ihm irgendwann, so merkwürdig die Geschichte auch klang. Irgendwann fielen ihr die Augen zu. Mohammadou würde ihnen helfen, und Yannik würde dann schon eine Lösung finden – er fand ja immer eine Lösung.

Das einzige, das Yannik schmerzlich bedauerte, war der Verlust der roten Nike-Kappe, die Mohammadou ihm, Yannik, einst geschenkt hatte. Yannik hatte sie gegen seinen Willen einem der Albaner auf der Farm geliehen, der sich als Kapitän ausgab und tatsächlich an diesem Abend zum ersten Mal ein Schlauchboot Richtung Sizilien steuern würde. Die Kappe würde ihm Glück bringen, und deswegen wollte er sie unbedingt ausleihen und tragen, bis sie Italien erreicht hätten. Yannik hatte gezögert – aber da er wollte, daß sie ihn wirklich anriefen, hatte er die Kappe schließlich abgenommen und dem Albaner gegeben, und dann – dann hatte er sich auf seinen Weg zurück gemacht.

Deutsche Mechanik

»Wie in Rom außer den Römern noch ein Volk von Statuen war, so ist außer dieser realen Welt noch eine Welt des Wahns, viel mächtiger beinahe, in der die meisten leben.«

Goethe

Es war nicht wirklich schlimm, daß er auch den Schlüssel für die Wohnung *in* der Wohnung gelassen hatte, dachte er, schließlich war es Freitag, und Andrea würde später nach Hause kommen. Gut, ohne den Autoschlüssel konnte er sie dann eben nicht vom Bahnhof abholen, das wäre aber schon alles. Der Autoschlüssel für den Golf lag irgendwo im Schlafzimmer. Mußte sie sich eben ein Taxi nehmen. Der Jaguar sprang zur Zeit ja nicht an, sondern stand mit beharrlich diarrhöischem Ölfluß oben in Neukölln. Abgesehen davon fand er den letzten verbliebenen Schlüssel des Jaguar seit geraumer Zeit ebenfalls nicht mehr. Na ja, alles nicht so schlimm.

Drinnen hörte er das Telefon – viermal, dann sprang der Anrufbeantworter an. War mit Sicherheit nur wieder Hellmer. Dann klingelte, von noch weiterer Ferne als das Festnetz, sein Handy, und dieses Geräusch versetzte ihm einen leichten Stich. Er hatte es wieder einmal im Bad liegenlassen.

War alles nicht so schlimm – im Gegenteil, hier war erneut bewiesen, daß seine Methoden ihn vor den eigentlich schlimmeren Folgen schützten: Hätte Fabian, wie seine

Freundin immer vorschlug, seine beiden Schüssel, den alten und den neuen, an einem Schlüsselbund befestigt, dann wären jetzt beide weg, und er könnte nicht einmal arbeiten gehen. So aber hatte er wenigstens den Atelierschlüssel in der Hand. Er konnte sich ja ein Taxi nehmen.

Nun gleichsam darüber erleichtert, daß er durch das Versehen mit dem Wohnungsschlüssel an diesem Freitag länger und durch das Vergessen des Telefons auch in Ruhe würde arbeiten können, nahm er die Treppe nach unten.

Wie immer vertiefte er sich beim Hinuntergehen in die Abfolge der Namen auf den Klingelschildern, Abdullha, Meyerritz, Singh, Bläsele-Heureck – keinen einzigen hätte er vorherzusagen gewußt, und doch überkam ihn während seines Abstiegs jedesmal ein merkwürdiges Kribbeln des Wiedererkennens.

Wie lange man wohl normalerweise brauchte, um eine solche einfache Reihung von Namen, die man häufig vor Augen hat, auswendig zu können? Ganz sicher waren die vielen Monate, die sie hier schon wohnten, lang genug. Früher – früher hätte er die paar Namen vermutlich schon nach der ersten Woche in beliebiger Richtung aufzählen können. Jetzt stand er vor einem Schild, auf dem in solidem Messing »v. Flitzberg« eingraviert war, und fühlte sich wie ein Narr, in einer ungesunden Wiederholung gefangen.

Für einen winzigen Moment dachte er jetzt doch tatsächlich darüber nach, demnächst eine Liste der Namen anzulegen, damit endlich Ruhe wäre. Ruhe. Zum Arbeiten.

Seit er mit Andrea zusammen nach Mitte gezogen war und in seiner alten Neuköllner Werkstatt nur noch arbeitete, hatte sich Fabians Verhältnis zu seiner Arbeit deutlich verkompliziert. Die Sache mit den Schlüsseln war da nur ein weiteres Detail einer sich fatal auf sein Befinden auswirkenden Gleichgewichtsstörung. Er arbeitete nicht genug.

Wie jeden Freitag würde seine Freundin heute abend nach Berlin in die gemeinsame Wohnung in der Auguststraße kommen, und wahrscheinlich würde sie einigen Wert darauf legen, daß er seine Arbeit unterbräche. Eine unangenehme Vorstellung, besonders heute abend. Er würde nachher bei *Eisen Zart* am Südstern das letzte Bauteil abholen – und er konnte nicht wissen, wie lange er brauchen würde, um es einzusetzen.

Dabei lag eine durchaus anstrengende Woche hinter ihm, im Verlauf ebenso schwierig wie die Woche davor und die vorletzte und überhaupt die meiste Zeit im letzten Dreivierteljahr. Denn daß er nicht genug arbeitete, lag nicht daran, daß er nichts tat. Im Gegenteil, während es früher, als er noch in seinem Atelier wohnte, durchaus vorgekommen war, daß er seine Arbeit mittendrin unterbrach, um irgendwo etwas zu essen oder sogar, um ein großzügiges Mittagsschläfchen in seinem Bett zu halten, versagte er sich jetzt jede Ablenkung – seine Wohnung war eine in den Sechzigern behelfsmäßig in einzelne Zimmer aufgeteilte ehemalige kleine Fabrik, die er ziemlich genau vor einem Jahr und mit Hilfe eines kleinen Bauunternehmens in den alten, nämlich vollkommen leeren Zustand zurückversetzt hatte – eine etwa neunzig Quadratmeter umfassende Halle, mit einer kleinen Küche und einem großen, mit stählernen, grobschlächtigen Armaturen ausgestattetem Bad, auf das Fabian besonders stolz war, weil es zur Halle hin geöffnet werden konnte, um dann auf dem erstklassigen Stahlzementboden zum wasserführenden Teil einer kleinen Schmiede zu werden. Eine eigene Schmiede! Ein ihn seit Kindertagen begleitender Wunsch war damit in Erfüllung gegangen.

Die Halle selbst zog sich über das gesamte Hinterhaus eines großzügigen, aber ziemlich heruntergekommenen Altbaus, mit drei hohen, gotisch anmutenden Fenstern. Zuvor waren sie zum Teil verbaut gewesen, nun herrschte den ganzen Tag indirekt flutendes dämmriges Licht – alle Fenster gingen nach Norden.

Nach dem vorläufigen Ausverkauf seiner sämtlichen vordergründigen Sorgen hatte er Andreas langgehegtem Wunsch nachgegeben – sie würden erst zusammenziehen und dann ein Kind zusammen haben. Da sie kurz nach dieser Vereinbarung aber eine neue Stelle in Hamburg antrat, nachdem in Berlin auch nach Monaten intensivster Suche nichts mehr zu erreichen gewesen war, sahen sie sich seitdem in der Regel nur noch am Wochenende. Fabian war das nicht unrecht, so blieb automatisch mehr Zeit für die Arbeit. Es war allerdings überraschend, welchen systematischen Ehrgeiz seine Freundin daraufhin entwickelte, schwanger zu werden. Zuletzt war sie sogar darauf verfallen, sich irgendein homöopathisches Mittel direkt in die betreffende Unterleibsgegend zu spritzen. Sie hatte sich Operationen unterzogen, machte verschiedene Diäten, las zahlreiche Bücher zu diesem Thema und konsultierte Experten jeder Couleur. Einmal, auf der Suche nach dem Schlüssel für den Golf, hatte er sogar den Flyer eines brasilianischen Voodoo-Tempels in Andreas Handtasche gefunden.

Nicht daß er an Magie oder Übersinnliches glaubte, aber faszinierend fand er es doch, wie seine Freundin offensichtlich wirklich jedes mögliche und unmögliche Hilfsmittel bemühte. Ihm war dieser systematische Ansatz, ohne daß er es so zu sagen gewußt hätte, sympathisch.

Er hatte sein Sperma untersuchen lassen, wobei sich herausstellte, daß bei ihm alles in bester Ordnung war. Deshalb stand er, wenn auch nicht vollkommen unbeteiligt, doch ganz und gar unschuldig neben all den Ärztinnen und Beraterinnen, neben den messerschwingenden Chirurgen und Kräuterweiblein, und fast war es ihm so, als hätte er als Spender der einzigartigen Substanz, die dem ganzen Apparat noch hinzuzutreten hatte, des Samens, die ihm eigentlich behagende Position gefunden, frei von anderen Verpflichtungen, als im richtigen Augenblick und mit gleichbleibender Qualität zu liefern.

Der Sex, da endlich einem Zweck verpflichtet, ließ das ewige Wellenspiel von Begehren und Befriedigung, das Fabian in den letzten Jahren zunehmend gleichgültig geworden war, hinter sich. Schwanger war Andrea bislang allerdings nicht geworden.

Frühmorgens um sechs Uhr am Montag verschwand sie aus ihrer gemeinsamen Dachgeschoßwohnung, fuhr nach Hamburg und ließ Fabian regelmäßig, und immer wieder zu seiner Überraschung, in einer Wolke der Einsamkeit zurück. Meist hielt er es dann kaum eine halbe Stunde länger in seinem Bett aus, duschte, legte sich seinen Arbeitsanzug an, einen schwarzen Dreiteiler aus festem, fast schon grobem Stoff, dazu ein schwarzes Hemd, das er geschlossen trug. Nüchtern und ohne Frühstück nahm er seine Aktentasche, setzte sich in einen der beiden Wagen und fuhr zur Arbeit, wobei sein Jaguar in der Regel nicht ansprang.

Auf dem Weg zur U-Bahn betrat er noch den Kassenraum einer Dresdner Bank. Während er seine EC-Karte aus dem Portemonnaie nahm, fragte er sich wie jeden Tag, ob er sich wohl an seine Geheimzahl würde erinnern können, aber mit dem Einschieben der Karte wußten seine Finger sofort, wohin zu tippen. Er bestellte seine übliche Ladung, fünfhundert. Würde schon noch gehen. Hinter ihm ging die Tür auf, lärmten plötzlich Kinder, er erschrak, drehte sich um, eine resolut dreinblickende, leicht ausgezehrte Mutter hantierte – den Weg versperrend – mit einem Kinderwagen, in dem ein aus Leibeskräften brüllendes Kleinkind saß, im Vorraum herum, aber er glitt an ihnen vorbei, als wären sie gar nicht da.

Er hätte nie gedacht, wieviel Sicherheit Geld, das frisch aus einem Automaten kam, ihm eines Tages geben würde. Vielleicht, weil es immer gleich aussah.

* * *

Altmeister Vinka wuchtete das Stück, das in einer mit Papier ausgeschlagenen Holzkiste ruhte, mit einem leichten Schnaufen auf die als zweiter Tresen dienende Werkbank.

Bei dem über dreißig Kilo schweren Stück handelte es sich um ein auf der Kombination zweier unterschiedlich großer Cardano-Wellen beruhendes, reichlich kompliziert geformtes Doppelgelenk von etwas mehr als siebzig Zentimetern Länge, mit mehreren, aus gut zehn Zentimeter massiven Schwedenstahls geformten Streben, die zwischen den Wellen eingefügt waren, und einem seltsamen Mittelstück, kreisrund, mit Einkerbungen, das an ein inverses, umgedrehtes Zahnrad erinnerte, und von dem es mehr oder weniger unmöglich war zu sagen, welche Funktion es haben sollte. Zweifellos aber handelte es sich dabei um ein zentrales Verbindungsglied.

»Muß ganz schön großes Maschinchen sein, woran Sie da bauen…«, sagte Altmeister Vinka, schnalzte in der für ihn typischen Art mit der Zunge, fuhr sich mit der linken Hand über die glattrasierten Wangen, blickte zunächst auf das Gelenk und suchte dann Fabians Blick, der zögerlich begonnen hatte, die Abmessungen und den Umfang des Werkstücks mit einem kleinen Lineal aus Flugzeugmetall zu prüfen. Es entsprach bis auf den Millimeter exakt Fabians Plänen.

»Ausgezeichnet«, sagte Fabian, »eigentlich bin ich fertig. Aber…«, fügte er dann nach einem winzigen Zögern noch schnell hinzu, so als müsse er sich der Sache erst selbst versichern, »kann aber trotzdem sein, daß ich noch mal eine ganz ähnliche Welle brauche.«

»Das müßten Sie uns mitteilen bald, weil es uns Ende von Monat nicht mehr gibt«, sagte der Altmeister.

»Wie meinen Sie das?«, fragte Fabian.

»Wie ich sage. Wir machen dicht.«

»Was?«

»Ja, schlimm. Haben Sie nicht gesehen?«, fragte Vinka und wies auf ein plakatiertes Schreiben, auf dem *Eisen Gebrüder Zart* seine verehrten Kunden darauf hinwies, daß nach über achtzig Jahren, fast einem ganzen Jahrhundert, »nun leider Schluß ist. Insolvenz…«

Fabian konnte sich erinnern, das Schreiben verschiedene Male hängen gesehen zu haben, ohne sich weiter dafür zu interessieren. Der aus Serbien stammende Vinka, der die letzten fünfundzwanzig Jahre in der Schlosserei Zart zugebracht und sein eigenes mit dem Schicksal des Betriebs verschränkt hatte, erklärte ihm, daß dem scheinbar starken Traditionsunternehmen der sich lange schon insgeheim ankündigende Bankrott einer Baugesellschaft mit beschränkter Haftung den letzten Stoß versetzt habe, für die in insgesamt drei komplett sanierten Häusern recht aufwendig gestaltete Feuertreppen, Balkone, Brüstungen von Terrassen, Treppengeländer und allerhand anderes gefertigt worden war.

Nein, die Ausstände einzuklagen sei sinnlos – das habe man in den letzten Jahren in anderen Fällen verschiedentlich versucht, die kleinen Betriebe wie *Eisen Gebrüder Zart* befänden sich gegenüber den größeren Gläubigern, allen voran den Banken, stets im Nachteil.

Die Geschäfte in den letzten Jahren seien mager gewesen – die drei großen Baustellen waren so etwas wie ein Hoffnungsschimmer gewesen, geeignet, die eigene Hausbank, die den Betrieb, die Zahlung der Gehälter und Lieferanten mit immer neuen Krediten aufrechterhalten habe, dazu zu bewegen, der Schlosserei noch ein weiteres halbes Jahr zuzugestehen. Nun sei schon ein dreiviertel Jahr vergangen, und die Bank sei nicht länger bereit, Kredit zu geben. Ende des Monats mache man zu.

Offensichtlich hatte Vinka diesen bedauerlichen Vorgang schon oft wiedergegeben, man spürte, daß seine Worte aus einem privaten Universum des Niedergangs stammten, bevölkert waren von unzähligen Personen, von Räumen und Vorgängen, über die er wohl auch nachdachte, wenn er nicht gerade über sie sprach – er war es schon müde geworden. Die anstehende Insolvenz, die ihn, einen Mann von gut fünfzig Jahren, wohl in so etwas wie eine früh beginnende Rente entlassen, den langjährigen Ort seiner Arbeit aber in die Auflösung und Zerstreuung seines Bestandes bringen würde, schien ihn eigentlich schon gar nicht mehr zu schmerzen. Fabian wußte dem milde lächelnden Mann nichts zu erwidern, starrte hilflos zunächst ihn, dann das Werkstück an.

Ungefähr vor einem dreiviertel Jahr hatte er die in einem Gründerzeitbau in Kreuzberg untergebrachte Werkstatt betreten, um sich ein erstes Werkstück für die Mechanik anfertigen zu lassen – bis zu diesem Zeitpunkt war es ein wesentlicher Teil seiner Arbeit gewesen, die Bauteile aus handelsüblichen Werkstoffen selbst herzustellen oder durch das Ausschlachten alter Nähmaschinen oder Traktormotoren zu gewinnen, die er auf Flohmärkten und bei Ebay entdeckte. Ganz selten hatte er früher, wenn es sich einfach nicht anders machen ließ, Einzelteile irgendwo fertigen lassen – die nächtelange Arbeit am Zeichenbrett und an der Werkbank war sein Lebensglück gewesen, von dem er so wenig wie möglich aus der Hand geben wollte. Das Material selbst führte ihn, und derart angeleitet feilte er so lange, tage- und nächtelang an den Zahnrädchen, an den Wellen und Verbindungsstücken, bis sie paßten.

Er war keineswegs der brillante Handwerker, für den ihn die verächtlichen wie die wohlmeinenden Kritiker hielten – er arbeitete eigentlich sogar ziemlich ungenau, aber niemand als er selbst vermochte seine Fehler zu sehen. Am Ende stand immer eine glänzend-skurrile Mechanik, doch kam es bei jedem Stück, bei jeder neuen Arbeit immer zu irgendeiner Murkserei – aus mangelnder Konzentration, Fahrlässigkeit und einer ihm selbst manchesmal fast schon unheimlichen inneren Gleichgültigkeit gegenüber den Dingen. Statt aber, wie es vielleicht ein anderer getan hätte, noch einmal von vorne zu beginnen, bemühte er sich, den Fehler dann in der Konstruktion elegant und unauffällig verschwinden zu lassen – die Lösungen, auf die er so plötzlich stieß, versöhnten ihn wieder mit sich selbst. Es waren geradezu seine Schwächen als Handwerker, die seine Arbeiten schließlich so speziell machten.

Der große Auftrag für den Hamburger Bahnhof stellte ihn von Anfang an vor ein Materialproblem – die geplante räumliche Dimension der Arbeit, als ein unerschrocken angestrebtes Meisterwerk dazu gedacht, nicht nur zu gefallen, sondern Bewunderung hervorzurufen, machte es ihm unmöglich, auf seine bewährte Weise zu arbeiten. Viele der Teile würden einfach zu groß sein, um sie selbst anzufertigen. Er konnte sich aber auch nicht länger auf das unvorhersehbare Zufallsspiel des Findens einlassen. Seine Arbeit würde fundamentaler, bedeutender, kreativer sein – er würde nicht mit Ready-mades, Gebrauchsgegenständen und Schrott arbeiten, sondern Teil für Teil entwerfen.

Mit der neuen Arbeit würde er endlich einen Schritt fort von dem chaotischen Dilettantismus seiner von permanentem Geldmangel geprägten Anfangsjahre machen – wo privates Leben, Beziehungen, Brotarbeiten und seine freien Projekte sich gegenseitig bis zur Unkenntlichkeit durchdrungen und beeinflußt hatten. Lief es mit der jeweiligen Freundin schlecht, wurde er mit einem Auftrag nicht fertig, holte er den Verlust durch eine genial hingeworfene Konstruktion in einer freien Arbeit wieder herein, die er mit dem Druck seines schlechten Gewissens in einigen Nächten hinwarf. Niemand ahnte etwas davon, aber sein Leben war ein Chaos. Das einzige, was dagegen half, war Arbeit.

Der Großauftrag würde sein Leben endlich zur Meisterschaft führen – und ihm dazu verhelfen, etwas Makelloses abzuliefern. Die perfekte Mechanik.

Er kaufte sich den größten Rechner, den Macintosh auf dem Markt hatte, und ließ sich von einem Hacker, der als Aushilfskraft in einer Videothek in der Nähe seines Ateliers arbeitete, eine sündteure Spezialsoftware besorgen, von deren ersten Versionen er schon als Student geträumt hatte – mit ihr konnte man Werkstücke mit der Hand auf einem speziellen Zeichenbrett skizzieren, das Programm rechnete das Ganze dreidimensional um und bot für jedes beliebige Detail in der Konstruktion unzählige Varianten an. Wenn sich eine endgültige Lösung gefunden hatte, druckte er eine präzise technische Zeichnung des Werkstücks und eine dreidimensionale Ansicht aus. Und dann ging er damit zu *Eisen Gebrüder Zart* am Südstern.

Seit er Mitte der neunziger Jahre nach Berlin gezogen war, kannte er den Gründerzeitbau, in dem die alte Schlosserei und ehemalige Maschinenfabrik seit den fünfziger Jahren saß. Einmal war er an einem sonnigen Frühlingstag durch die sich weitläufig über den Hinterhof erstreckende Werkstatt gelaufen, hatte sich angeregt mit einem der anwesenden Mechaniker über die Drehbänke, Fräsen und die anderen Präzisionswerkzeuge unterhalten, die zusammengenommen es der Schlosserei erlaubten, nahezu jedes beliebige Werkstück anzufertigen. Er liebte diesen Ort auf der Stelle. Dennoch wäre es ihm niemals in den Sinn gekommen, dort arbeiten zu lassen – es war unbezahlbar.

Dann spielte Geld keine Rolle mehr – und unverzüglich wurde er ein Kunde von *Eisen Zart*. Die am späten Vormittag lichtdurchfluteten Räumlichkeiten der Schlosserei, die geselligen Mechaniker und besonders Altmeister Vinka, der sich vorne im Geschäftsraum mit den Kunden auseinandersetzte, wurden ihm immer lieber, je weiter das Projekt der großen Mechanik voranschritt. Mindestens einmal in der Woche bestellte er ein oder mehrere Teile, erkundigte sich zwischendurch telefonisch nach Materialien oder fragte den Altmeister um praktischen Rat, wenn er an bestimmten Stellen nicht weiterkam. Die Nachricht vom bevorstehenden Ende von *Eisen Zart* traf ihn vollkommen unerwartet. Es fühlte sich an, als hätte man ihm den Arm abgehackt. Außerdem erinnerte ihn die Zahlungsunfähigkeit der Schlosserei an eine andere.

Um seine Panik zu verbergen, berührte er die doppelte Welle leicht mit einem Finger und spürte den feinen Ölfilm auf dem glänzenden Stück, der an den Kanten, auf die die Sonne aus den hohen Fenstern fiel, wunderbar schimmerte.

Eckenfelder war der seltsamste Kunde, an den Vinka sich in seinem bevorstehenden Ruhestand würde erinnern können. Fabian, zwei Kopf größer als der Altmeister selber, war just an jenem Tag mit dem ersten Auftrag dahergekommen, an dem die Hausbank der Schlosserei den Kreditrahmen ein letztes Mal erweitert hatte. Und wie aus diesem Aufschub letztendlich nichts Erfreuliches hervorgegangen war, schien es auch mit dem seltsamen, stets in einen schwarzen Anzug gekleideten Kunden nicht zum besten zu stehen. Zu Beginn war er selbstsicher aufgetreten wie ein tatkräftiger Bauleiter – jetzt wirkte er zerstreut, in sich gekehrt, mit irgendeinem tiefsitzenden Problem befaßt.

Der Altmeister zweifelte nicht, daß es mit der Maschine zusammenhing, an der Eckenfelder baute; zwar war es Vinka nicht gelungen, von seiten des Konstrukteurs auch nur Andeutungen über Sinn und Zweck der Mechanik zu erfahren, aber das nahm er eher als Indiz für seine Vermutung. Aus Sicht eines alten Handwerkers ergaben die vielen Dutzend von Werkstücken, die *Eisen Zart* im Laufe der letzten Monate für Eckenfelder hergestellt hatte, keinen Sinn – er hatte davon reden hören, ihr Auftraggeber sei ein Künstler, doch würden auch ihm, wollte er die Einzelteile tatsächlich zusammenbauen und zum Laufen bringen, die Gesetze der Mechanik Schwierigkeiten bereiten.

Die Proportionen des Ganzen mußten enorm sein, die Einzelteile selbst waren von Massivität und Material dazu geeignet, große und größte Kräfte auszuhalten – aber wozu? Was trieb diese Maschine an? Und wo sollte die Kraft schließlich hingehen? Er zwinkerte ins späte Mittagslicht, strich sich über das Kinn.

»Schöne Stück«, sagte er schließlich und zeigte mit dem Kopf nickend auf die Welle, »wo genau werden Sie einbauen?«

»Das hier?«

»Hmja …«

»Das ist das … Ich würde mal sagen … Es steht mehr oder weniger im Zentrum.«

»Wovon?«

»Schwer zu erklären. Sie müßten das Ganze vor Augen haben, um es zu verstehen …«

»Ja, aber, ehrlich, was ich mich schon eine ganze Weile gefragt habe…«, sagte Vinka, »als wir im April diese massiven Aufhängungen gebaut haben – das war doch mit Sicherheit für Federspiel? Aber was für Federn hängen Sie denn da rein? Das müssen ja sein richtige Trümmer…«

»Ja. Sind groß. Sie können Sie sich ja dann…« Fabian, mutlos geworden, brach ab. Er wollte gehen.

»Wann ist sie denn fertig?«

»Das, lieber Herr Vinka, können Sie mich nicht fragen – das weiß nur die Maschine selbst. Ein Kunstwerk wird nicht einfach bestellt und dann abgeholt.« Ein saures Lachen, das mißgünstig wirkte. Der Altmeister bemerkte es genau, zuckte mit den Schultern und lachte höflich.

»Darf ich mal bitte den Lieferschein sehen?«, sagte Fabian, räusperte sich und griff nach seiner Geldbörse. Der mit der sauberen Handschrift des Altmeisters bedeckte Lieferschein freute ihn für gewöhnlich immer – noch einmal auf so solide, altmodische Weise mit den Maßen und der wörtlichen Beschreibung seines Auftrags konfrontiert zu werden, verlieh dem Einzelstück augenblicklich letzte Glaubwürdigkeit. Bis hin zum Preis. Es war ein wahres Vergnügen, echtes Geld dafür hinzulegen. Saubere Scheine.

Heute allerdings gefiel ihm der Lieferschein und der ganze Vorgang des Abholens des Werkstücks nur bis zu dem Moment, an dem er seine Brieftasche öffnete, um die 656 Euro, die die Doppelwelle inklusive Mehrwertsteuer kostete, herauszuzählen. In der Brieftasche befanden sich aber nur ein Hunderter und zwei Zehner. Fabian erstarrte.

Er hatte nach der Aufforderung des Automaten »Bitte entnehmen Sie Ihre Karte« seine Karte entnommen, durch den Automatismus des Hineinsteckens die Geldbörse zugeklappt, in die Tasche gesteckt, sich schwungvoll umgedreht und war an der Mutter mit den zwei Kindern vorbeigelaufen, die hinter ihm im Vorraum wartete. Die zwei Kinder hatten die ganze Zeit herumgenörgelt, Fabian erinnerte sich jetzt an den müden Blick der Frau. Er hatte sich bemüht, ein freundliches Lächeln hinzubekommen. Dann war er – da er es ja eilig hatte, zu *Eisen Zart* und anschließend an die Arbeit zu kommen – zur U-Bahn gerannt. Da unmittelbar mit seinem Eintreffen ein Zug Richtung Süden in den Bahnhof eingefahren war, hatte er entschieden, schwarzzufahren, und war an den Automaten vorbei gleich weiter nach unten gelaufen, ohne ein Ticket zu lösen. Völlig außer Atem, hatte er sich über einen freien Platz gefreut und war anschließend, ohne kontrolliert zu werden, Richtung Südstern gefahren. Daran konnte er sich erinnern, aber nicht daran, zuvor, noch in der Bank, das vom Automaten etwas später nachgeschobene Geld herausgenommen zu haben. Er hatte es vergessen.

»Was nicht in Ordnung, Herr Eckenfelder?«, fragte Vinka.

»Tja, also, es ist wirklich… so wie es aussieht, habe ich nicht genug dabei, um bar zu bezahlen.«

»Nicht so schlimm. Bringen Sie nächste Woche, da haben wir auf noch.«

»Ich werde Ihnen das Geld nachher sofort überweisen. Ihre Bankverbindung steht ja auf der Rechnung, richtig?«

»Ja, schon. Bringen Sie einfach nächste Woche vorbei. Ich kenne Sie ja…«, sagte Vinka freundlich und fixierte den Konstrukteur, der ganz zerknirscht wirkte. Fabian, dem das mit der fatalen Aufforderung »Bitte entnehmen Sie Ihre Karte« in letzter Zeit schon ein paar Mal passiert war, fühlte sich jetzt sehr unbehaglich. Den offenen Geldbeutel in der Hand, dessen Inhalt er ratlos studierte, überlegte er, wie er sich befreien könnte, und kam nur darauf, den Hunderter herauszunehmen, ihn zusammenzurollen und dem Altmeister hinzustrecken. Den Geldbeutel stopfte er in die Hosentasche.

»Also, ich werde es nachher auf jeden Fall sofort überweisen. Und, äh, für den Fall, daß wir uns nicht mehr sehen sollten, ich wünsche Ihnen alles Gute. Hier, das ist für Sie …«

Der Altmeister begriff zunächst gar nicht, doch da ihm Fabian den Schein weiter mit einem verzerrten Grinsen hinhielt, wußte er es sich nicht mehr anders zu deuten – und nahm das Geld. Allerdings verriet nichts an seiner Miene, daß er sich darüber freute. Es schien eher, als hätte man ihm einen Faustschlag versetzt, er wankte leicht, blinzelnd im Mittagslicht, hinter seinem Tresen.

Auf der Straße erst realisierte Fabian, wie ungeschickt es war, die schwere Welle mit bloßen Händen, die Aktentasche unter den linken Arm geklemmt, zu tragen. Normalerweise stand Andreas Golf oder – wenn er denn ansprang – sein alter Daimler zur Verfügung, und der Altmeister oder einer der Mechaniker half ihm beim Einladen.

Ein Taxi kam vorbei, aber er hatte keine Hand zum Winken frei. Er ging ein paar Meter, es war mühsam, und er kam auf unangenehme Weise ins Schwitzen. Drei junge Türken, die vor einem Imbiß in der Sonne saßen und Marlboros rauchten, freuten sich über seinen Anblick. Die Welle, die einen guten Meter lang und viel schwerer war, als er gedacht hatte, konnte er so nicht transportieren. Nach einer Weile hielt ein Taxi, aber der Fahrer, des öligen Gegenstandes ansichtig werdend, lehnte eine Beförderung dann, auch gegen ein erhebliches Trinkgeld, ab.

Mit der U-Bahn würde es schwierig werden, da er im Gewusel am Hermannplatz von der 5 auf die 9 würde umsteigen müssen. Half aber nichts.

Er nahm seine Last wieder auf und machte sich auf zur anderen Seite. Während er sich mitten auf der Fahrbahn befand, schaltete die Ampel auf Rot, und er fing sofort mechanisch an zu laufen. Auf der anderen Seite fiel ihm die Aktentasche zu Boden. Umständlich lehnte er die Welle gegen eine Hauswand. Er bückte sich nach der Tasche. Es war ihm ganz unverständlich, wieso sein Herz so raste. Früher war er immer topfit gewesen.

Er blickte die Straße entlang, die sich, an einem prächtigen palastartigen Eckhaus mit einer miesen Pizzeria im Erdgeschoß vorbei, nach hinten in die Lilienthalstraße schlängelte.

Er trat einen Schritt zurück, faßte sich mit seiner öligen Hand unbedacht über die schweißnasse Stirn und ärgerte sich sogleich darüber. Die Welle stand neben ihm im Schatten der Hauswand. Er würde nicht darum herumkommen, sie auf die Schultern zu nehmen – normalerweise wickelte er die bestellten Teile immer in eines der Tücher im Kofferraum, aber er würde sich jetzt so behelfen müssen. Er legte sich die schmale Aktentasche auf die linke Schulter, ging in die Knie und stellte sich, derart gebeugt, nah an die Welle heran, daß er sie leicht aufnehmen konnte.

So ging es sich wesentlich besser. Fabian war erstaunt, wie leicht sich die Welle plötzlich anfühlte. Als er am Ende der Straße angekommen war, sah er rechts einen der wild umwachsenen Eingänge zu dem großen, im englischen Stil gehaltenen Park, der Hasenheide – durch den der schnellste, direkte Weg zu seinem Atelier führte. Zwar interessierte sich Fabian für gewöhnlich nicht für Gärten. Das schattige Dunkel unter den Bäumen aber verlockte ihn plötzlich. Er beschloß, den Weg durch den Park zu nehmen.

Fabian Eckenfelders Lebens- und Arbeitsweg war von Zufällen geprägt. Seit seiner Kindheit ein leidenschaftlicher Bastler und Hobbymechaniker, ohne sich für ein Studium in dieser Richtung entscheiden zu können, hatte er nach einer Art von neutralem Territorium gesucht und es auf dem Gebiet der Geschichte gefunden. Er studierte in München. Bei einem Praktikum im Rahmen eines kleinen Museumsprojekts, das sich mit der Geschichte des Bergbaus in einem bestimmten Revier des Ruhrgebiets befaßte, bot er an, das Modell einer Grubenwasserpumpe zu bauen. Dazu fuhr er nach Hause zu seinem Vater, in dessen Werkstatt. Und mit dessen Hilfe schaffte er es anhand fotokopierter Originalbauzeichnungen, das Ganze nicht nur im Maßstab eins zu zwanzig nachzubauen – das Modell funktionierte auch noch. Der hochzufriedene Kurator vermittelte ihm zügig seinen zweiten Auftrag, diesmal für das Eisenbahnmuseum in Nürnberg, er sollte das im Krieg zerbombte Stellwerk der Stadt en miniature nachbauen. Etwas ganz anderes, aber wieder machte er die erstaunliche Erfahrung, daß sich seine ansonsten notorische Nachlässigkeit gegenüber den Einzelheiten seines eigenen Lebens irgendwann verflüchtigte, sobald er an einer Konstruktion zu arbeiten begann, die bestellt war und bezahlt wurde und deswegen unbedingt fertig werden mußte. Er brauchte den Druck, und er begann, ihn sich zu suchen. Den Druck auszuhalten, machte ihn stark, und auf dieser Stärke wollte er seine Freiheit gründen.

Schon kurz nach der Zwischenprüfung überschnitten sich die ersten großen Aufträge, das Studium stellte er ein wenig zurück, kam aber trotzdem mit der Arbeit bald nicht mehr hinterher. Im Laufe der Zeit wurde er folglich wählerischer in seinen Zusagen, mied die reinen Nachbauten historischer Mechaniken und entschied sich eher für Projekte, in denen sein skurriler Humor und seine mechanische Fantasie freiere Lösungen eingehen durften. Nach ein paar Jahren brach er sein Studium ab und widmete sich ganz den Mechaniken. Aber er war weit davon entfernt, sich für einen Künstler zu halten. Er war ein Bastler.

Anfang der Neunziger, nachdem er ein paar schöne Stücke für das Berliner Technik-Museum gemacht hatte, zog er aus praktischen Überlegungen in die riesige Erdgeschoßwohnung im Norden des verrufenen Bezirks Neukölln, die erstaunlich günstig zu mieten war. Die leicht heruntergekommene Gegend gefiel ihm – da war nichts, was ihn von der Arbeit abgehalten hätte. Außerdem fand man immer einen Parkplatz.

Wenn er Mechaniken baute, dann fand er sich irgendwann selbst im Spiel wieder, erschloß sich aber zugleich in uferloser Lektüre und Archivrecherche den historischen Kontext jeder Maschine oder jeder Konstruktion.

Jede von ihnen erhellte gleichsam als strahlender Mittelpunkt ein Stück der Vergangenheit, und wohin man von ihm aus blickte, zeigte sich die Welt, so wie sie war – immer planvoll, an keiner Stelle nur zufällig. Technische Entwicklungen waren oft die eigentlichen Auslöser bedeutender Umwälzungen, verzweigten sich aber ihrerseits, bildeten immer neue Formen, wucherten in ihren Zwecken und Bestimmungen und waren doch stets Niete für Niete und Bolzen für Bolzen mit Bedacht und Sachverstand aus Einzelteilen von irgendwelchen in den Jahrhunderten verschollenen Spezialisten zusammengesetzt worden. Mit diesen fühlte er sich bei der Arbeit verbündet, seiner eigenen Zeitgenossenschaft – und jeder sich aus ihr ergebenden Komplikation – enthoben.

Die absolute Enthaltung der Maschine zu jedweder sozialen Frage faszinierte ihn – den öffentlichen Scheindebatten, die ihn schon als Schüler abgestoßen hatten, setzte er fabelhaft funktionierende Mechaniken entgegen, da sollte kein Inhalt sein, keine Aussage, keine Botschaft. Nur freies Spiel. Eigentlich war er ein Punker.

Andre Hellmer, erfolgreicher, junger Galerist aus Köln, wurde vor knapp zwei Jahren auf eine Arbeit aufmerksam, die Fabian für das Museum eines bayerischen Autobauers erstellt hatte. Ein ironisches »Antriebsszenario« – das die Konstruktion eines frühen Motors der Firma aufgriff, um die derart erzeugte Energie in einer skurrilen Mechanik abzuleiten und letztlich an den Ausgangspunkt zurückzuführen. Das Ganze war eine Hommage an die Technik des Automobils, zugleich aber auch eine »glänzende mechanische Beweisführung der Illusion der Bewegung«, wie ein Katalogtext später dazu bemerken sollte.

Beim ersten Besuch, den Hellmer Fabians labyrinthischer Erdgeschoßwohnung abstattete, verschaffte er sich ziemlich unverhohlen einen Überblick über die zahlreichen freien Arbeiten, die Fabian im Laufe der Zeit gebaut hatte, seltsame Maschinen, manchmal doppelt so groß wie eine alte Nähmaschine, gelegentlich aber auch winzig klein, wie aus einer Ameisenwelt. Obwohl der Galerist Fabian keineswegs sympathisch war, ging er nach kurzer Bedenkzeit auf dessen Angebot ein – der Grund war einfach: Er brauchte das Geld.

Hellmer nahm ihm die gesamte Sammlung freier Arbeiten für einen erheblichen Vorschuß ab und verpflichtete sich, sie der Öffentlichkeit zugänglich zu machen. Gleichzeitig würde er mit einem Kurator des Münchener Hauses der Kunst eine erste Ausstellung mit ausgewählten Auftragsarbeiten für Museen organisieren.

Die Süddeutsche Zeitung bemerkte zu »Mechaniken für Deutsche Museen«, daß »Fabian Eckenfelders Maschinen in den Räumen einer merkwürdigen, wie von Magritte erschaffenen Welt aufgestellt sein könnten, die keine lebenden Bewohner mehr kennt. Nur ihre Maschinen sind zurückgeblieben, und wie Archäologen versuchen die Betrachter, aus ihrer Bauweise auf den Charakter, die Lebensgewohnheiten und Meinungen ihrer Konstrukteure zu schließen.«

Zwei Tage vor der Eröffnung der Ausstellung in Köln teilte ihm der vor zurückgehaltener Begeisterung ganz atemlose Hellmer telefonisch mit, daß bereits sämtliche Arbeiten verkauft seien. Neben einigen privaten Sammlern, die ihn angefleht hatten, ihm ein paar Stücke, ganz gleich welche, zu reservieren, seien die Kunstsammlungen zweier Banken, einer großen Versicherung, die Staatlichen Baden-Württembergischen Sammlungen und – ganz besonders erfreulich – eine große Galerie aus New York auf ihn zugetreten, Letzte habe vorab drei Arbeiten erworben. Auf die Preise müsse man sich noch verständigen.

Nach den »Mechaniken für Deutsche Museen« wurde die also von vornherein ausverkaufte Ausstellung »Freie Konstruktionen« von der Öffentlichkeit geradezu begeistert aufgenommen. Der Kritiker der FAZ bewunderte »Eckenfelders stupenden Kenntnisreichtum im Formenschatz des klassischen deutschen Maschinenbaus ...« und sah »nach der internationalen Dominanz deutscher Malerei mit Eckenfelder nun auch die deutsche Plastik auf dem Vormarsch. Dabei sind Eckenfelders Arbeiten weit davon entfernt, an die von Ironie angekränkelten Spaßmechanismen eines Uecker oder Tinguely anzuschließen – sie sind vielmehr von ganz eigener Größe. Eckenfelder ist – trotz aller Exzentrik – ein ernster deutscher Mechaniker.«

Gut zwei Wochen später trafen sich der Shootingstar und sein Galerist in Fabians leerer Wohnung, die ohne ihre langjährigen Bestände an Maschinen ihre schadhaften Blößen zeigte und nicht verlassen, sondern verwüstet wirkte – ausgeraubt eher denn geräumt.

Hellmer, auf einer mitgebrachten Kiste Champagner sitzend, teilte ihm das finanzielle Ergebnis mit – abzüglich seines, bei den üblichen fünfzig Prozent liegenden Anteils, mit dem Vorschuß verrechnet und von allen Steuern und Abgaben bereinigt, lagen weit über hunderttausend zur Überweisung auf Fabians Sparkassenkonto bereit.

Seit Fabian sich erinnern konnte, war Geld knapp gewesen – die beständige Sorge, seine Miete und die Krankenkasse nicht mehr bezahlen zu können, hatte ihn angespornt, soviel zu arbeiten wie möglich, und während der Arbeit dann kümmerte es ihn ab einem bestimmten Punkt nicht mehr im geringsten, kein Geld zu haben. Jetzt hatte er Geld. Und fand es, ohne ein Wort darüber zu verlieren, auf der Stelle großartig!

Sie öffneten eine Flasche Champagner. Ob er schon eine Vorstellung habe, woran er arbeiten wolle, wollte der Galerist wissen. Das mußte Fabian verneinen. Ob er sich vorstellen könne, eine Auftragsarbeit anzunehmen? Allerdings, das Leben und die Arbeit müßten doch weitergehen.

»Dann freu dich. Kennst du die alte Riedlewitz? Das ist die Programmchefin des Hamburger Bahnhof – ich hab sie gestern abend getroffen. Sie wollen, daß du ihnen eine Großplastik baust.«

»Der Hamburger Bahnhof?«

»Ja, klar. Nach München und Köln mußte aus Berlin ja irgendwann was nachkommen. Sie eröffnen eine neue Halle, einen ehemaligen Lokschuppen, und wollen die Arbeit zur Eröffnung der Halle aufstellen. Du wirst den ganzen Raum für dich haben!«

Ein gutes Jahr später schleppte Fabian das letzte Stück seiner Mechanik durch die Hasenheide, vorbei an einer Minigolfanlage, die verwaist dalag, und einigen Kleintiergehegen mit im Schatten dösendem Rotwild und hoffnungsvoll grasenden Schafen. Nirgendwo ein Mensch. Während des Gehens veränderte sich Fabians Verhältnis zur Schwere der Welle – sie schien langsam durch seine Schulter durchzubrechen – der schmale blecherne Schnappverschluß an der Aktentasche hatte sich ihm zudem ins Fleisch gebohrt. Sein linker Arm schmerzte, Versuche, ihn mit dem rechten zu unterstützen, brachten Fabian aber immer nur wieder aus dem Gleichgewicht. Es war überhaupt bestürzend, wie eingerostet sein ganzer Bewegungsapparat war. Sein Herz schlug so heftig, daß er mit dem Atmen kaum nachkam. Bei einigen Schlenkern war das Metall an seine Wange gedrückt worden und hatte sie verschmiert, der spezifische, scharfe Geruch von Schmieröl und Schweiß biß ihn in der Nase. War alles nicht so schlimm, im Gegenteil – der bislang deprimierend verlaufende Tag ging seiner Wende entgegen. Das einzige, was schließlich zählte, war die Arbeit. Seine Gleichgewichtsstörungen, der Schweiß, der ihm in Bächen den Rücken hinunterlief und unter den Achseln schon bis ins Sakko vorgedrungen war, seine Atemnot, das alles verblaßte angesichts der bevorstehenden Rückkehr ins Atelier.

Der schmale Weg erreichte nun eine größere Lichtung, über deren strohig spätsommerlichen Rasenflächen sich die Sonne ergoß – von der Straße her, die hinter Bäumen verborgen links von ihm lag, hörte man leise den Verkehr, ohne Akzente, ein mildes Rauschen. Auf der Mitte der Lichtung blieb Fabian stehen, um sich in dem Gewirr zahlreicher Richtungen, die sich ihm darboten, zu orientieren: Zweifellos mußte er sich nun nach Süden halten, nach rechts, wo es steil hinaufging. Er wagte es nicht, den Kopf zu heben, aus Angst, die Kontrolle über das schmerzend mit seiner Schulter verwachsene Werkstück zu verlieren. Er konnte sich, zumal mit der ihm nun direkt ins Gesicht scheinenden Sonne, auf nicht mehr als den nächsten Schritt konzentrieren.

Immer wieder versuchte er, sich die Mechanik vorzustellen, die keine zwei Kilometer von ihm in seinem Atelier stand – aber er konnte sich an immer weniger erinnern, sie schien zu schwinden, und nicht nur ihre konkrete Ausführung und Gestalt, ihre schiere Existenz wurde ihm plötzlich fraglich. Wenn es sie gar nicht gäbe? Ein absurder Gedanke, zweifellos, aber seine Absurdität fühlte sich lebendig an, berührte ihn scheinbar, spielte mit ihm, verlockte seinen Geist, der Vorstellung nachzugeben. Daß es nur noch dieses Gehen gäbe – mit einem sinnlosen Gegenstand auf dem Rücken, durchgeschwitzt und verschmiert, ohne Ziel.

Fabian blieb schnaufend stehen – er stand vor einem ummauerten Rondell, zu dem sich links, in verborgenen Windungen, eine Treppe hochschlängelte. Ohne zu wissen, warum, nahm er sie, erreichte eine breite, einer neuerlichen Mauer vorgelagerte große, mit kleinen Granitsteinen gepflasterte Terrasse, von der wiederum Treppen nach oben führten. Auch wenn es ihm nicht gelungen war, den absurden Gedanken vollständig auszulöschen, so hatte er jetzt das Gefühl, daß sich die Panik ordnete – wie man eine Sammlung von Karten auf verschiedenen Stapeln ablegt, bündelten sich die in seinem Kopf herumspukenden Gedanken und Schreckensbilder, wurden abstrakter und diffuser, je mehr sie sich mischten, bis sie am Ende, als er schließlich oben ankam, zu einer einzigen Empfindung geworden waren, zu einer bedrängenden Enge des Herzens, die ihm ganz und gar unheimlich war. Was war nur los? War doch sonst immer alles völlig in Ordnung gewesen. Reiß dich zusammen.

Als er oben angekommen war, entdeckte er zu seiner

Überraschung, daß er vor einem Momument stand. Auf einem schmalen Rund aus Stein befand sich ein überlebensgroßer Mann aus Bronze. Unter dem Denkmal standen auf den Treppen oder lehnten an der Mauer ungefähr ein Dutzend schwarzer Männer in bunter Markensportbekleidung. Einige von ihnen blickten ihn an, andere unterhielten sich miteinander – im Ganzen wirkten sie ganz und gar versammelt, als Gruppe geschlossen, doch jederzeit bereit, sich blitzschnell aufzulösen und in alle Winde zu zerstreuen.

Das Denkmal erinnerte an den später auch als Turnvater der deutschen Nation bezeichneten Friedrich Ludwig Jahn, der unweit des ihm zu Ehren errichteten Monuments im Jahre 1811 den ersten öffentlichen Turnplatz der Neuzeit errichtet hatte – und zwar ausschließlich und einfach dadurch, daß Jahn, der Vorturner, eine Hundertschaft seiner Burschen antreten und von ihm vorgegebene Turnübungen auf dem dafür vorzüglich geeigneten freien Feld der Hasenheide ausführen ließ, das weit draußen, vor den Toren Berlins lag. Nirgendwo anders als hier hatte die Urzelle des modernen Trainingsraumes zu atmen begonnen, waren jene in vielgestaltiger Evolution sich über den Erdball erstreckenden Spiele zu sich selbst gekommen, hatte das, was man *Breitensport* nannte, seinen Ausgangspunkt genommen. Jedes Fitneßstudio dieser Welt hatte sein Urbild in jenem Freiluftturnraum, zu dem Jahn die Hasenheide durch gemeinsames Turnen und Atmen im frühen 19. Jahrhundert gemacht hatte.

Die Plastik selbst stand auf einem Sockel aus gemauerten Ehrensteinen, die von Jahn verpflichteten oder von Schülern des Meisters gegründeten Turnvereinen in aller Welt gestiftet worden waren. Jahn war der erste Trainer, nach dessen Methoden weltweit geturnt wurde – der erste globale Fitneßguru, auch wenn diese Formulierung späterer Tage dem vollbärtigen, streng dreinschauenden, massigen Jahn auf seinem Denkmal nicht ganz gerecht zu werden schien. Überhaupt schien das Monument weniger von Pilgern des Turnens aufgesucht zu werden als von Menschen, die seine abgeschiedene Uneinsehbarkeit schätzten.

Fabian, der seine Schwäche in der Tat lieber verborgen gesehen hätte – weshalb er ja auch die von weichem Nadelgehölz zugewachsene Treppe genommen hatte –, Fabian konnte trotz der zahlreichen Beobachter nicht länger, er mußte die Welle abnehmen. Die Angst, sie könnte ihm zu Boden stürzen und sich auf dem Granit womöglich einen Kratzer holen, machte ihn unsicher. Vorsichtig suchte er mit seiner rechten Hand nach einem Griff, die Welle schwankte, bis einer der schwarzen Männer erschreckend behende auf ihn zukam, blitzschnell Hand anlegte und die Welle aufrecht und sanft Fabian vor die Füße stellte. Der auf diese Weise überrumpelte Künstler erschrak – der Schwarze trat einen Schritt zurück, rieb sich die Handflächen leicht an der schwarzen Jeans. Seine Haltung war vollkommen gelassen. Er trug einen roten Kapuzenpullover, darunter ein gelbes T-Shirt, eine gelbe Baseballmütze. Zwei andere waren dazugekommen, sahen dem mit dem roten Pullover und der Mütze lachend über die Schulter. Fabian starrte ihnen schweißüberströmt und ungläubig entgegen.

Plötzlich ließ einer der jungen Männer, die auf den Stufen oberhalb standen, einen kurzen Pfiff vernehmen, ein paar unverständliche Rufe folgten, worauf die gesamte Gruppe sich auf der Stelle auflöste und alles über die nach unten führenden Treppen stürzte, mancher sich aber auch seitwärts in die Büsche schlug. Der ihm geholfen hatte, grinste ihm zum Abschied kurz nickend zu, bevor er seinen Gefährten folgte. Es schien nicht das erste Mal zu sein, daß er floh.

Kaum waren das Unterholzknacken und die sich gegenseitig anspornenden Rufe der Schwarzen verschwunden, hörte man oben schweres Schuhwerk – und tatsächlich erschienen an den zuvor als Wachposten benutzten Treppen jetzt sechs Polizisten in Lederjacken, die sich ihrerseits auf der Mitte der Terrasse teilten und über die verschiedenen Wege nach unten verschwanden. Da sie allerdings verfolgten und suchten, waren sie zögerlicher und folglich langsamer als diejenigen, denen sie nachliefen. Man hatte eigentlich nicht das Gefühl, daß sie sie kriegen würden.

* * *

Der einzige Luxus, den Fabian sich je geleistet hatte, war der dreißig Jahre alte Jaguar, den er sich irgendwann mit Ende zwanzig gekauft und niemals wieder hergegeben hatte. Sein Verbrauch an Öl und Treibstoff erinnerte an einen Weltkriegspanzer, außerdem sprang er in den letzten Jahren immer öfter einfach nicht an. Früher hatte er oft an seinem Wagen herumgebastelt, aber seit er an der großen Mechanik arbeitete, hatte er jedes Interesse daran verloren, er nahm einfach Andreas Golf. Das einzige, was ihn noch mit dem Jaguar verband, war sein schlechtes Gewissen. Wie der Zufall es wollte, hatte er ihn zuletzt vor einer Kneipe in der

Fontanestraße abgestellt, vor einer guten Woche. Seitdem fand er den Schlüssel nicht mehr.

Als er endlich am Ausgang zur Karlsgartenstraße eintraf, um sogleich in die Fontanestraße einzubiegen, schlug die Kirche vom Herrfurthplatz halb drei. Er hatte sich ganz in seine Erschöpfung, seine offenbar gewordene Ausgezehrtheit eingefunden, jede Zurückhaltung im Kontakt mit dem Werkstück aufgegeben und es auf diese Weise geschafft, sich aus der entsetzlichen, furchtvollen Enge, die ihn am Denkmal des deutschen Turnens mit einem Mal überfiel und in eine merkwürdige Angststarre versetzte, wieder in Bewegung zu bringen. Einfach nur einen Fuß vor den anderen zu setzen, tat ihm sogar gut – die Kargheit seines Gehens beruhigte ihn.

Hinter der zweiten Kreuzung sah er dann plötzlich den Jaguar stehen – mächtig und tief, getönte Scheiben, schwarze, zum Teil durch den Transport spitzer metallischer Bauteile beschädigte Ledersitze, ein mit zwölf Zylindern ausgestattetes Triebwerk und ein unauffindbarer, äußerst hartnäckiger Defekt in der Elektrik. Seit Jahr und Tag auf der Straße, ölabschlagend. Ein einziger Vorwurf.

Fabians Gemütskargheit war mit einem Schlag verschwunden, denn die eine stillstehende und vernachlässigte Maschine erinnerte an die andere, die große Maschine, an der er seit einem Jahr mit wahrer Besessenheit baute und die er nun gleich fertigstellen würde. Zu seinem Atelier waren es keine dreihundert Meter. Nur noch über den Platz, rechts an der Kirche vorbei, dann würde er da sein. Er würde aufschließen, die Welle einsetzen, und dann würde er die Motoren anlaufen lassen, um das Federwerk zu spannen. Alles wie geplant. Wenn das Federwerk so weit wäre, würde er die Mechanik in Gang setzen. Wenn sie nun nicht funktionieren würde? Wenn sie nicht ginge?

Er mußte stehenbleiben. Weiter vorne, auf der anderen Seite des Platzes, hielt sich eine ältere, ausgezehrt wirkende Frau an einem Halteverbotsschild fest, zwei gänzlich mit großen Flaschen bepackte Plastiktüten neben sich gestellt. Sie blickte zwar in Fabians Richtung, aber es wirkte nicht so, als würde sie ihn sehen.

Stets befiel ihn vor dem erstmaligen Lauf einer Maschine jene entsetzliche Furcht, sie könne nicht funktionieren. Diesmal aber war die Angst gewaltig. Das ganze Geld. Und es war ihm unmöglich, sich genau zu erinnern, die Mechanik glich einem Block aus schwarzem Licht – kein einziges Detail stand ihm vor Augen, es war fast, als hätte er sie gar nicht gebaut.

Er wünschte sich – für einen zwar winzigen, aber doch realen Augenblick –, er könnte die Welle einfach neben sich auf das Pflaster legen und verschwinden. Alles im Stich lassen.

Es war, als hätte das Metallstück auf seinem Rücken in diesem Augenblick den Kontakt zur Muttermaschine jenseits der Straße aufgenommen – ein Schauer lief ihm den schweißnassen Rücken hinunter, ein kalter, still kreischender Blitz, der sich fremd und metallisch anfühlte. Er erschrak sich so, daß er augenblicklich weiterging. Ohne noch einmal stehenzubleiben, humpelte er die Promenade hoch und bog schließlich links in die Kienitzerstraße ein, wo eine Gruppe außerordentlich haariger und bärtiger Motorradfahrer die Terrasse einer am Eck liegenden Kneipe besetzt hielt. Sie prosteten Fabian zu und lachten, als er an ihnen vorbeischlich.

Die große Tür zum Vorderhaus stand glücklicherweise offen. Fabian trat in den Hausflur, der vom Hausmeister gerade gewischt worden war. Der Boden, von zwei zum Transport schwerer Gegenstände vorgesehenen schienenartigen Einbuchtungen durchzogen, glänzte, und ein feiner Geruch nach Spülmittel trug das seine zum Anklang jener typischen süßen Melodie bei, die einst in Deutschland am Freitagnachmittag erklungen war, wenn in den Werkstätten zusammengekehrt und aufgeräumt wurde, die Männer gutgelaunt von der Arbeit kamen und das Wochenende begann.

Fabian stemmte die Tür zum geteerten Hinterhof auf. Fast wäre ihm die Welle dabei doch noch aus den Händen geglitten, aber er schaffte es ein letztes Mal, das zu verhindern. Die drei hohen Fenster seines Ateliers lagen dunkel und gleichmütig vor ihm.

Er ging die letzten Meter, vorbei an einigen Fahrrädern in der Mitte des Hinterhofs, holte seinen Schlüssel aus dem Sakko und sperrte die Stahltür auf, durch die man direkt vom Hof in das Erdgeschoß trat. Unangenehm kühl kam es ihm entgegen. Das Atelier war eiskalt, seit er nicht mehr darin wohnte, fröstelte es ihn zunehmend, es war ihm unbehaglicher als früher. Vielleicht lag das auch an der großen Menge edelsten Metalls, das er auf den unterschiedlichsten Wegen in das Atelier geschafft hatte, denn die Luft, die ihm entgegenschlug, war eine Eisenluft.

Er legte die Welle vorsichtig auf die Werkbank, seine schmale, ziemlich mitgenommene Aktentasche daneben, und atmete aus. Er zog das ruinierte Sakko aus und hinkte, die schmerzenden Glieder reckend, ins Bad. Dort krempelte er sein schwarzes Hemd auf, wusch sich die Hände, zog sich seinen über der Dusche hängenden grauen Arbeitsmantel an, ging zurück und startete die Rechner. Er schaltete das ganze Atelier auf Arbeitslicht – dann suchte er sich die paar Werkzeuge zusammen, die er jetzt noch brauchen würde, um die komplexe Welle einzusetzen und zu verschrauben. Er wuchtete das Stück auf ein flaches Rollenbrett, schob es unter die Maschine, legte sich selbst rücklings auf ein anderes und ließ sich langsam hinterhergleiten.

Dort, wo die Welle einzusetzen war, tief im inneren Halbdunkel der Mechanik, herrschte das bizarre Nebeneinander unterschiedlich arbeitender Teilkonstruktionen, die aus dieser zentralen Position heraus wirkten, als wären sie abgetrennt für sich existierende Maschineneinheiten, die nur auf engstem Raum ineinandergeschoben waren – und tatsächlich war der erste konstruktive Gedanke Fabians, den er in seinem Meisterstück realisieren wollte, unterschiedliche Modelltypen aus den Epochen des Maschinenbaus in einer einzigen Mechanik zusammenzuführen: Der jeweilige Arbeitsimpuls sollte von der einen auf die andere Maschine weitergegeben und schließlich wieder an den Ausgangspunkt zurückgeführt werden. Kein freies Spiel der Kräfte, sondern ein perfekt choreographiertes Spiel mit der Kraft. Dabei faszinierte Fabian vor allem die Vorstellung, auf mechanische Lösungen, die er selbst einmal entworfen und zum Teil gebaut, zum Teil aber auch im Zustand des Entwurfs belassen hatte, zurückzugreifen und in seiner Großmechanik somit nicht nur eine technikgeschichtliche, sondern vor allem auch noch eine persönliche Summe seiner bisherigen Arbeit zu ziehen. Er würde eine im mehrfachen Sinn verstandene *Wiederholungs-Maschine* bauen – die Wiederholung war das Wesen der mechanischen Bewegung. Das Ganze würde so etwas wie die erste zu sich selbst gekommene, wahrhafte Eckenfelder-Plastik sein. Das perfekte Werk.

Um die Welle einzusetzen, mußte er über Kopf arbeiten, was ihn sehr anstrengte, aber er ignorierte allen Schmerz in seinen Armen und im Rücken – die Mechanik hatte ihn wieder, und er dachte nur noch daran, sie zu vollenden.

Die Welle verband die beiden letzten offenen Fragmente, würde die Kraft von der einen Teilmechanik auf die andere übertragen, eine Art maschinellen Fließbands, das von ferne an Jethro Tulls Sähmaschine erinnerte. Gleichzeitig verschraubte er das versenkte Mittelrad der Welle über eine Kurbel mit einem komplizierten Zählwerk. Dieses Zählwerk, über ein weitläufig durch den Mittelbau führendes Gestänge mit der Hemmung des Federspiels verbunden, würde schließlich den Takt für die kontrollierte Verteilung der Kraft vorgeben. Die Mechanik würde sich – so als handelte es sich bei ihr selbst um nichts anderes als ein großes, allerdings feststehendes Pendel, aus sich selbst heraus steuern. Mechanische Perfektion.

Die Brücke zum Zählwerk machte Fabian Schwierigkeiten, und er mußte die Welle mehrmals wieder ausbauen und die eine der beiden anderen Teilkonstruktionen mit Gewalt ein wenig zur Seite drücken – er konnte dabei nur hoffen, und er tat es, daß sich weiter hinten nichts verstellen würde. Nach einer guten Stunde Ruckelns und Drehens saß die Doppelwelle dort, wo Fabians Plan sie vorsah. Eine von außen nicht zu erkennende Verbindung, ein Mittelstück, das den Takt vorgab und dadurch recht eigentlich das einzige Teil, das nur dem Ganzen gehörte. Das Herz.

Er müßte jetzt nur noch die Federn spannen – einer der besonders raffinierten Einfälle Fabians war es nämlich, die eigentliche Mechanik tatsächlich rein mechanisch, über potentielle Energie, die in einem gewaltigen Federwerk gespeichert wurde, anzutreiben. Um diese, aus armdickem Stahl geformten, gigantischen Federn aufzuziehen, gebrauchte Fabian fünf Elektromotoren. Sie würden ungefähr drei Stunden arbeiten, bis die Federn auf 75 Prozent ihrer Belastbarkeit gespannt sein würden. Dann würden die Motoren abgeschaltet und der Mechanik freier Lauf gelassen werden. Derart aufgezogen, würde sie einundvierzig Tage laufen. Er atmete noch einmal tief durch – aber auch dadurch fühlte er sich kein bißchen sicherer. Dann startete er die Motoren. Die Maschine wurde geladen. Sie würde ihm sagen, wer er war.

* * *

Während des Ladevorgangs kümmerte sich Fabian lustlos und zerstreut um sein Büro, das heißt, er legte den Lieferschein von *Eisen Gebrüder Zart* auf den mächtig angewachsenen Stapel von Rechnungen sowohl der Schlosserei als auch anderer Lieferanten. Er konnte sich noch gut erinnern, wie er nach der Renovierung die Rechnung der kleinen Baufirma, die die Wände herausgenommen hatte, auf das ansonsten vollkommen leere Drahtgeflecht des untersten Faches seiner Ablage gelegt hatte. Mittlerweile quollen alle drei Fächer über. Die Maschine war gewachsen – was sie dabei verschlungen hatte, wußte er nicht. Sein ganzes Geld lag auf seinem Konto, das durch Hellmers Überweisung in seiner Vorstellung mit einem solch Vielfachen dessen angefüllt war, als was er tatsächlich brauchte, daß er sich nicht die Mühe machte, es nachzurechnen. Er sammelte die Belege, das genügte. Auch wenn ihn jetzt, nachdem er die letzte Rechnung dazugelegt hatte, die schiere Menge beschriebenen Papiers nachdenklich stimmte.

Die Mechanik war mächtig geworden, und das Seltsamste war, daß es Fabian unmöglich war zu sagen, wie er die *Wiederholungs-Maschine* tatsächlich gebaut hatte. Ein Schleier hing über allem. Er erinnerte sich nur an endlose Nachmittage und Abende, Nächte und frühe Morgenstunden und an ein durchgängiges Gefühl völliger Erschöpfung, wie ein Reisender in einer Wüste, der nie genug zu trinken bekommt. Das Schlimmste dabei aber war, daß er sich jede Sekunde, die er entwerfend, revidierend, lesend und schraubend zubrachte, immer zu erinnern versuchte, wie es früher gewesen war, in der Oase. Das Gefühl grenzenloser Euphorie beim Bauen, das eigentlich im tiefsten Inneren ein Basteln war, war verschwunden. Da war keine Freude mehr. Nur mit äußerster Disziplin war es ihm gelungen, überhaupt so weit zu kommen – und jetzt: Jetzt kam vom Rechner das Warnsignal, daß die Federn geladen waren. Er war in seinem Sessel eingenickt, fuhr hoch, der Rechner warnte ihn noch einmal, und Fabian sah, daß die Federn sogar schon etwas weiter gespannt waren als vorgesehen. Schon zu achtzig Prozent. Er erschrak sich für einen Moment. Aber es würde schon gehen. Dann stellte er die Motoren ab. Atemberaubende Stille.

Die chromblitzende, sich kristallartig auftürmende Maschine stand mit seltsamem Funkeln vor ihm. Er wagte es nicht, sie als ganze anzusehen. Seine Arbeit. Ein ganzes Jahr. Er fürchtete sich. Ja, mehr noch, es gruselte ihn. Zugleich mußte er einfach wissen, was passieren würde. Er stand auf, stellte sich vor den großen, mit einem massiven, bis zum Glanz abgenutzten Holzgriff versehenen Hebelschalter, den er sich als eines der wenigen Stücke nicht hatte anfertigen lassen, sondern das von einer alten, sensenschwingenden Mähmaschine aus dem Amerika der 1850er Jahre stammte. Er ließ den Schalter einrasten, ein präzises, aufregend trockenes Schnappen – es war furchtbar und fantastisch zugleich. Er schloß die Augen. Die Mechanik begann zu arbeiten.

* * *

Wenn ein Kind lernt, Laute zu formen, dann geschieht das, indem der Kehlkopf, ein hochkomplexer Knorpel mit hohem muskulärem Anteil, lernt, sich en miniature, aber ganz genauso zu bewegen, wie sich der Körper des Kindes bewegt. Schwierigkeiten in der Artikulation bestimmter Laute haben ihren Ursprung in bestimmten motorischen Schwierigkeiten – Sprache und Körper übersetzen sich ineinander, und was irgendwann, aus Gewohnheit und Unachtsamkeit, voneinander geschieden scheint, ist doch in Wahrheit niemals getrennt.

Die Sprache einer laufenden Maschine, der Zusammenklang großer und kleiner, ja kleinster Einzelteile, die gegen- und miteinander bewegt werden, ist dem Techniker unmittelbar verständlich. Eine Mechanik über ihren Klang zu erfahren, ist die hohe Kunst, sie zu erfahren. Unbeeindruckt von der glänzenden Bewegung der Zahnräder und Kolben lauscht man aber nicht so sehr auf tatsächlich im Lauf der Mechanik hervorgebrachte Geräusche, die vor allem auf Reibung beruhen, sondern auf feinere Klangphänomene – auf Schwingungen, die um so deutlicher vernehmbar sind, je reibungsloser eine Mechanik läuft. Im besten Falle fängt eine derart von ihrem Schöpfer belauschte Maschine sogar an zu singen.

Zunächst glaubte Fabian, hören zu können, wie die Kraft der fünf gewaltigen Federn in die Mechanik einströmte wie ein gewaltiges Wasser. Sie setzte die tiefschwingende, an ein Spiel großer Schaufelräder erinnernde Teilmechanik in Gang, belebte sirrend die kleinteiligen, aufeinander aufbauenden Zahnradstaffeln, fing sich in den asymmetrisch und pulsierend arbeitenden Kolben der bizarren Hydraulik im Zentrum. Die Kraft brachte die Bänder im Inneren zum breitwandig schnurrenden Laufen, setzte Kettenzüge in klirrende Bewegung und schien, ganz dem Plan folgend, überall gleichzeitig anzugreifen und zu wirken – zumindest schien die Klanggestalt, die sich allerdings schon nach kurzer Zeit veränderte, das nahezulegen. Das moderate Klingen steigerte sich, wurde intensiver, und plötzlich trat zum gleichförmig vielgestaltigen Takt ein untergründiges zweites Tönen hinzu.

Fabian machte erschrocken die Augen auf. Was er jetzt ineinander verschränkt vor sich arbeiten und aufeinander einwirken sah, war zweifellos mehr als eine Maschine. Auch wenn es ihm, so frontal vor der Schmalseite der Mechanik stehend, unmöglich war, sie ganz zu überblicken, so bemerkte er doch, daß sich die Elemente, die sich in monatelangem, qualvollem Wachstum angehäuft hatten, in der Bewegung aller Teile zu einer irgendwie schiefen, sich um sich selbst drehenden Gestalt ausbildeten.

Zugleich wurde das zweite Tönen, das offensichtlich auf einem sich verstärkenden Resonanzeffekt beruhte, immer lauter. Es wurde zu einem bräsigen Brausen – das etwas unkontrollierbar Gefahrvolles hatte.

Fabian mußte würgen, die Angst war wieder da, sein Kehlkopf pochte trocken – das Brausen wurde lauter, bis es sich immer wieder in Phasen zu überschlagen schien. Und jetzt hörte Fabian auf einmal auch noch ein seltsames Schaben von weiter hinten, das sich zu einem Kratzen steigerte. Irgendetwas hatte sich verschoben und lief offensichtlich nicht mehr rund. Aber bevor er der Sache hätte auf den Grund gehen können, begann es weiter vorne zu knirschen, offensichtlich hatte die eine aufgetretene Ungenauigkeit sich an anderer Stelle bemerkbar gemacht. Das Knirschen wurde zu einem flirrenden Brennen, Fabian trat entsetzt zurück, denn das eigenartige Brennen griff schnell von einer Teilmechanik auf die andere über. Es war, als ob die Mechanik als Ganzes beginnen würde, sich von außen nach innen in sich selbst zu fräsen. Dann gingen plötzlich – während alles andere weiter vor sich hin schnarrte, knirschte und sang – starke Schläge durch den Stahl. Aber keineswegs chaotisch, sondern auf eine furchterregende Weise immer wiederkehrend, so als ob die Mechanik sich in diesen Schlägen einen neuen Rhythmus suchte. Dann knirschten die Bolzen, Zahnräder ächzten, Streben lösten sich, und das Metall verkeilte sich in sich selbst. Es sah aus, als ob die Mechanik in einem atemberaubend schnellen Vorgang von außen nach innen gefrieren würde. Schließlich kam sie mit einem jammervollen gigantischen Seufzer zum Stehen.

Allerdings war sie damit keineswegs tot. Vielmehr bemerkte Fabian, wie die ineinander verkeilten mechanischen Einheiten jetzt von einem sich steigernden Vibrieren erfüllt waren, so als wäre die Maschine in einen neuen Zustand eingetreten – ein zitterndes Abwarten und eine cholerische Anspannung, die den ganzen Komplex in eine auf der Stelle zu spürende lauernde Gefährlichkeit brachte: Denn die Federn hatten ja ihre Macht. Sie waren noch fast ebenso gespannt wie zuvor, denn die Energie blieb latent, was einmal in ihren Stahl eingeflossen war, konnte man nicht einfach wieder abschalten. Es blieb in der Maschine und mußte ausagiert werden. Da die Mechanik aber die Kräfte auf eine rätselhafte und sehr beunruhigende Weise nach innen, auf ihre innere Verfassung gerichtet hatte, staute sich die Energie. Würde man irgendwo nur ein Teil herausnehmen wollen, hätte man sofort mit einer schnalzenden, fürchterlichen Reaktion der umliegenden Teile zu rechnen. Eigentlich war das Ganze eine Bombe.

Als Fabian begriff, daß er, der den Hebel schon längst wieder zurückgelegt hatte, ohne eine Veränderung des bis aufs Äußerste gespannten Zustands zu erreichen, eine Maschine gebaut hatte, die tödliche Enge produzierte, bekam er es mit der Angst zu tun, eilte zur Tür und lief auf den Hof an die frische Luft. Er war kaum draußen, als die Tür zufiel. Er klopfte sich sofort auf die rechte Tasche seines Arbeitsmantels, wo er einen Schlüssel fühlte. Es war nicht der für die Stahltür. Ein Luftzug aus dem Atelier mußte es gewesen sein – er war ausgesperrt.

Ohne noch länger zu zögern, rannte er auf die Straße. Ein paar Häuser weiter auf der Kienitzerstraße war in den Räumlichkeiten einer kleinen Buchhandlung, die letztes Jahr geschlossen hatte, ein Telefonladen untergebracht – Fabian hatte ihn nie betreten, war sich aber sicher, dort ein Branchenverzeichnis zu finden. An einer runden Theke saßen zwei schlechtgelaunte Araber, die ihm achtlos die *Gelben Seiten* reichten und sich weiter unterhielten. Man sah den Seiten, auf denen die Schlüsseldienste Berlins inserierten, an, daß sie häufiger aufgeschlagen wurden als andere. Er schrieb sich atemlos zwei Nummern auf und wandte sich den drei engen Kabinen zu. In der ersten stand ein großgewachsener Schwarzer mit einem roten Kapuzenpullover, der offensichtlich gerade gute Nachrichten erhielt, denn er strahlte über das ganze Gesicht und lachte immer wieder lauthals in das Telefon. Irritiert starrte Fabian ihn an. Der Schwarze bemerkte das aus den Augenwinkeln und drehte sich entspannt zu Fabian um. Es war derselbe Mann, der ihm mittags in der Hasenheide geholfen hatte. Beide erkannten sich sofort. Der Schwarze lachte über das ganze Gesicht und winkte. Fabian, dieses eine Mal zumindest, wünschte sich, zurücklächeln zu können – aber die Sorge über die Gesamtsituation ließ ihm keine Kraft. Er konnte einfach nicht lächeln, kein Lebenszeichen von sich geben, außer einem entsetzten, dennoch müden, tieftraurigen Blick.

Es war ihm, als könne er die bösartig vibrierende Anwesenheit der grauenvollen Mechanik wie von ferne fühlen – als leckten die ekelhaften Zungen eines gallertartigen Alptraums an ihm. Etwas hatte sich abgesondert, angefangen, ein eigenes Leben zu führen, und saß ihm wie eine zweite, geißelnde Stimme im Genick. Der Geist der Maschine – ein bösartig neckender Kobold, der jeden Kontakt mit der Außenwelt unmöglich machte, weil er einem so unsägliche Dinge einflüsterte.

Der Schwarze drehte sich lachend wieder weg. Fabian ging in die hinterste Kabine, telefonierte mit einem Expreß-Schlüsseldienst, der allerdings, so wurde er von der Dame in der Zentrale gewarnt, ein Weilchen brauchen würde – halb Berlin schien sich an diesem Freitagabend ausgesperrt zu haben. Fabian legte auf, bezahlte den Arabern den kleinen Betrag. Der Schwarze war nicht mehr da.

Jetzt mußte er Geld holen. Auf der Hermannstraße gab es ein von einer ehemaligen Filiale übriggebliebenes Selbstbedienungs-Center der Sparkasse, und obwohl er in den letzten Wochen Automaten anderer Institute insgeheim den Vorzug gab, zögerte er jetzt nicht, die gleißend helle frühere Eingangshalle zu betreten, die unordentlich mit Werbeplakaten und einer Holzstellwand von den leergeräumten, dunklen Kassenräumen hinter einer großen, verschlossenen Glastür abgeschirmt war.

Karte. Geheimzahl. Menü: Auszahlung. Betrag: 500 Euro.

War es eine Überraschung für Fabian, daß ihm dieser Wunsch, unzählige Male erfüllt, nun auf einmal verweigert wurde? Nicht wirklich. Überraschend war allerdings, daß das unerschöpfliche Konto durch seine regelmäßigen Abhebungen nicht nur ins Soll geraten, sondern auch den von der Bank letztes Jahr ohne sein Dazutun großzügig erhöhten

Dispositionskredit bereits ausgeschöpft, ja schon fast um das Doppelte überschritten hatte. 7567,33 Euro Minus. Die Karte werde sicherheitshalber einbehalten, teilte ihm der Automat noch mit, er möge sich persönlich mit seiner Filiale in Verbindung setzen.

Irgendwie hatte Fabian durchaus etwas geahnt, gewisse Zeichen waren an sein Bewußtsein gedrungen, die er – alleine der Arbeit verpflichtet – ignoriert hatte. Jetzt hatte er Gewißheit. Er war pleite. Er konnte nicht einmal mehr den Schlüsseldienst bezahlen.

Wieder draußen auf der Straße, warf er einen hilflosen Blick nach links. Weit unten in Mitte thronte der Fernsehturm und funkte, ungerührt von einigen herumstreunenden Wolkenfetzen, seine roten Signale hinaus in die Nacht. Auch wenn er jetzt fortliefe, würde das Ding in seinem Atelier bleiben, unter Spannung, verkeilt, nicht abzuschaffen oder zu ändern. Er mußte wieder zurück.

Als er den Hinterhof betrat, sah er einen fülligen Mann vor den Fenstern des Ateliers auf und ab gehen. Hellmer. Die furchterregende, in sich verkeilte Maschine stand gleißend hinter den Fenstern und fesselte die Aufmerksamkeit des Galeristen.

Der ganze Hinterhof schien von ihr ausgefüllt, und Fabian glaubte sogar, die feinen Vibrationen fühlen zu können, die den Betonboden wie mit dem Getrappel einer vielfüßigen Kolonie stählerner Insekten durchzogen.

Fabian verbarg sich im Durchgang. Zu seiner zwischen Verzweiflung und Panik oszillierenden Stimmung gesellte sich nun auch noch eine weitere, brennend schmerzliche Empfindung – Scham. Die ganze Welt, angefangen bei seinem Galeristen, würde sehen, was für eine Abscheulichkeit er da gebaut hatte.

Das Leuchten hinter den Fenstern des Ateliers schien während seiner Abwesenheit einen dunkel-orangen Ton angenommen zu haben. Zum ersten Mal betrachtete er die erstarrte Mechanik in voller Größe, so wie sie war – sie füllte den Raum des Ateliers ganz und gar aus. Sie hatte ihn herausgedrängt, hatte ihn abgeschafft, ihn vertrieben.

Ihr vibrierendes Spannungsfeld verwischte ihre Umrisse, was ihr auf diese Entfernung den fürchterlichen Anschein von Lebendigkeit gab, ihre ineinander verkeilten, unter höchster Spannung stehenden Einzelteile schienen ein neues, anderes Ganzes zu bilden, ein absurdes, unbeschreibliches Organ, das einem bösen Geist diente. Was hatte er da nur gebaut…

Er dachte an die Welle, die er heute eingesetzt hatte. Er dachte an die Schwungräder im Juni, die Hydraulik im März, die Konstruktion der großen Zahnräder, die Anmutungen aller Arten von Maschinen, die er entworfen und dem Ganzen hinzugefügt hatte, eine nach der anderen. Teil um Teil baute er in Gedanken ab, bis er sich plötzlich an den Anfang erinnerte. Es war ein ziemlich kalter, grauer Tag im Oktober gewesen. Er erinnerte sich, wie er – in der völlig leeren Halle – die erste Stahlschiene auf der Grundplatte verschraubt hatte und ihn währenddessen Verzweiflung überkam. Er erinnerte sich an seine Ratlosigkeit, an seine Unfähigkeit, mit der Freiheit, die ihm sein Erfolg beschert hatte, umzugehen. Jedes weitere Teil, jede neue Konstruktion war eine Ausflucht. Eine Ablenkung davon, daß das vorherige Teil auch schon ratlos eingebaut worden war, daß das ganze Ding von Anfang an ein Irrtum war. Längst war alle Geborgenheit in der Arbeit verschwunden. Da gab es nur noch Egomanie, und aus dieser heraus gesteckte schwachsinnige Ziele, wo einmal Freude gewesen war.

»Fabian!«, Hellmer hatte ihn entdeckt, »Junge, wie bin ich froh, dich zu sehen! Wo hast du nur gesteckt? Laß uns sofort reingehen – ist ja völlig faszinierend, das Ding.«

»Das geht nicht«, sagte Fabian, »die Tür ist zu.« Er lächelte. »Außerdem – die Mechanik kannst du sowieso vergessen …«

»Aber wieso? Sie ist doch einfach fantastisch«, widersprach Hellmer, »ganz unglaublich.«

»Nein«, sagte Fabian, »das ist ein Haufen Schrott. Sie funktioniert nicht!«

»Sie funktioniert nicht – wie meinst du das?«

»Meinen? Was soll ich da meinen. Sie geht nicht. Die kannst du nur noch wegschmeißen.«

Hellmer sah ihn mit ernstem Ausdruck, aber heiterer innerer Stimmung an. Auf den ersten Blick hatte Hellmer erkannt, daß Eckenfelder ein Monument des Stillstands gebaut hatte. Aber er war verwirrt. Nichts wirkte abschreckender auf Künstler, als sie in solchen Augenblicken, in denen es hieß, Abschied von einer Arbeit zu nehmen, mit der Wahrheit zu konfrontieren. Die Wahrheit aber war, ein wirklicher Künstler konnte niemals etwas falsch machen! Was immer Fabians Problem war – es existierte also gar nicht. Man mußte sich dabei allerdings Zeit lassen, manche begriffen das ihr ganzes Leben lang nicht. Reichte, wenn der Galerist das wußte.

»Wie ist das nun mit der Tür?«, fragte er sanft.

»Der Schlüssel ist drin. Hab mich ausgesperrt. Mußte wohl so sein.«

»Hast du schon einen Schlüsseldienst bestellt?«

»Ja, aber ich hab kein Geld.«

»Gut. Kein Problem ...«

Die Tür zum Hinterhof ging auf – Anita Riedlewitz war von Hellmer sofort verständigt worden, als der die strahlende Skulptur, diesen wahnwitzigen in sich verkeilten Stahldinosaurier hinter den Atelierfenstern leuchten gesehen hatte.

Fabian gab ihr die Hand, lächelte, nickte, lächelte wieder. Dann nahm er Hellmer kurz beiseite.

»Wenn ich könnte, würde ich jetzt einfach sagen, hier sind die Schlüssel, macht, was ihr wollt. Aber leider geht das nicht, ich hab keine Schlüssel.«

Bevor er den Hof verließ, drehte er sich noch einmal um und sah den Galeristen und die Kuratorin vor den dunkelorange strahlenden Fenstern. Beide schienen bester Laune. Sie unterhielten sich, wobei Hellmer irgend etwas mit weitausschweifenden Gesten ausmalte. Offensichtlich versuchte er gerade, das Unding zu verkaufen.

* * *

Auf der Straße war alles wie zuvor, und doch glich kein Kieselstein und kein Blatt dem anderen. Fabian, der immer noch den grauen Arbeitsmantel über seinem schwarzen Hemd trug, überquerte die Kreuzung zur Schillerpromenade, um auf dem Mittelweg unter den hohen Akazien

Richtung Kirche zu gehen. Dabei war ihm ganz leicht zumute.

Er erreichte die Kirche, blickte auf das in weiter nächtlicher Ferne strahlende Feld des Flughafens Tempelhof am Ende der Straße. Er erinnerte sich daran, wie er als kleiner Junge in der Werkstatt seines Großvaters gesessen hatte, mit einem durch atemberaubend geschicktes Aufblitzen des Taschenmessers gespitzten Bleistift und einem Blatt Papier, und was für ein Spaß es gewesen war, dort zu zeichnen. Seltsam, wie lange er daran nicht mehr gedacht hatte.

Er hatte davon geträumt, eine Maschine zu bauen, die sich veränderte und sich doch gleich blieb, die immerfort lief und doch beständig anders wurde – aber die Art von Veränderung, die er erschaffen konnte, lief auf Selbstzerstörung hinaus. Wer wäre wohl in der Lage, so etwas zu bauen? Er war nur ein Mensch, und zu erkennen, wie gering seine Kräfte waren, erleichterte ihn.

Er stand jetzt – wie der Zufall es wollte – vor seinem Jaguar. Er hoffte, daß es noch nicht zu spät war, Andrea vom Bahnhof abzuholen. Irgendwie kam ihm der Wagen anders vor, schien auch die Richtung gewechselt zu haben, was natürlich unmöglich war. Fabian stellte fest, daß er vergessen hatte, abzusperren. Auf dem Beifahrersitz lag eine große silbrige Dose mit blauem Deckel, die er noch niemals zuvor gesehen hatte. Darunter lagen, wie ein Wunder, siebzig Euro, die er lächelnd an sich nahm. Ohne sich weiter Gedanken zu machen, steckte er den Schlüssel in das Zündschloß. Der Wagen sprang an, als ob er nur auf diesen Moment gewartet hätte.